Tod einer Gemeinderätin

Christof Schönthal

Tod einer Gemeinderätin

Krimi

Herstellung und Verlag: BoD – Books on Demand, Norderstedt

ISBN: 978-3-7357-6100-2

Gemeinde Bachwilen

www.uplusk.ch/bachwilen

Gemeindepräsident

Felix Stauffer
Gesamtführung, Kommunikation
Tel.: 031 555 93 44
Mail: gemeindepräsident@bachwilen.ch

Gemeindeverwaltung

Nettikoferstrasse 4
Tel.: 031 555 50 50/51

Öffnungszeiten:
Täglich 10 – 12, 14 – 17 Uhr, freitags bis 18 Uhr

Gemeindeschreiber

Alois Graf
Mail: graf@bachwilen.ch

Gemeinderätinnen und Gemeinderäte

Georg Schäubi
Vizepräsident, Planung und Bauten
Tel.: 031 500 97 77
Mail: schaeubi@schaeubi-holzbau.ch

Helmut Wismer
Finanzen
Tel.: 031 500 94 14
Mail: wismer@elektro-wismer.ch

Elsbeth Widmer
Soziale Dienste
Tel.: 031 500 93 54
Mail: widmer@bachwilen.ch

Hans Friedrich
Bildung und Kultur
Tel.: 031 500 96 98
Mail: hfriedrich@blaufenster.ch

Willy Gubler
Bevölkerungsschutz und Sicherheit
Tel.: 031 5000 96 39
Mail: gubler@bachwilen.ch

Rudolf Hofmann
Infrastruktur
Tel.: 031 500 97 14
Mail: hofmann@bio-hofmann.ch

Gemeinderatssitzung

Ein strahlender Herbsttag neigte sich dem Ende zu, die Dämmerung kroch das Auerental herauf nach Bachwilen. Gemeindeschreiber Graf schloss die Türe zum Sitzungszimmer auf und machte sich daran, die Unterlagen für die bevorstehende Gemeinderatssitzung bereitzulegen. Er genoss diese ruhige Zeit zwischen den oft aufreibenden Schalteröffnungszeiten und den Sitzungen, die zwar meist recht friedlich, doch manchmal bemühend wortreich abliefen, und liess seine Gedanken von einem Mitglied des Kollegiums zum nächsten schweifen, als er die Papiere auf die fest zugeordneten Plätze legte.

Den grössten Stoss erhielt naturgemäss Gemeindepräsident Stauffer. Felix Stauffer, Pflegedienstleiter im ALB - dem Alters- und Leichtpflegeheim Bachwilen - war integer, fleissig, freundlich - und stand überall unter der Fuchtel. Im ALB schwang Käthi Beutler, die resolute Heimleiterin, das Szepter. Daheim verstand es seine zarte und kränkliche Frau meisterlich, ihn subtil durch Gewähren und Verweigern von Zuneigung zu manipulieren. Und hier im Gemeinderat gab er zwar einen brauchbaren Sitzungsleiter ab, und er tat sein Bestes, um sich hin und wieder zu einer eigenständigen Meinung durchzuringen. Aber letztlich lief es meist so, wie der Bachwiler Dorfkönig es sich vorstellte und mit seinen Mitläufern auch durchbrachte.

Der Dorfkönig, das war Vize Schorsch Schäubi. Damit keine Zweifel aufkamen, liess er periodisch den Spruch "Mir ist egal, wer unter mir Gemeindepräsident ist" von Stapel, vorzugsweise im Beisein von Felix Stauffer und begleitet von einem dröhnenden Lachen und einem jovialen Schulterklopfen, unter dem Stauffer regelmässig zusammenzuckte. Seit urdenklichen Zeiten war Schäubi im Gemeinderat, nur unterbrochen durch kurze Pausen, die ihm die Amtszeitbeschränkung auferlegten. Schäubis waren eine der "einheimischen" Familien und seit Menschengedenken im Besitz des Betriebes an der Aueren, ursprünglich eine Sägerei. Sie hatte, zusammen mit den ausgedehnten Wäldern im Osten an den Flanken der Auerenfluh, schon früh zu einem gewissen Wohlstand im Dorf beigetragen. Die Nutzung der Wasserkraft und das Sägen waren inzwischen aufgegeben worden, aber Schäubis verstanden es geschickt, als "Holzige" - Schorsch war Zimmermeister - das einheimische Baugewerbe zu dominieren. Denn die älteren Häuser im Dorf waren Riegbauten, und als die Ansiedlung eines Lebensmittel verarbeitenden Betriebs der Migros im Tal drunten dem Dorf einen kleinen Wachstumsschub bescherte, entstanden als erste Neubauten Chalets. Schorsch wurde selten laut. Er hatte das auch nicht nötig. Seine tragende, tiefe Stimme, die an der stämmigen, aber bierbauchlosen Gestalt einen üppigen Resonanzkörper hatte, zeugte von der Gelassenheit des Mächtigen und davon, dass er wusste, was gut für die Bachwiler war.

Mittlerweile waren alle Papiere für die Gemeinderatssitzung an ihrem Platz, und das Mineralwasser stand bereit. Vielfach erschien der Gemeindepräsident etwas früher, um mit Graf allfällige letzte Entwicklungen die Traktanden betreffend zu besprechen. Aber heute erschien Hans Friedrich als erster.

Niemand hatte sich getraut, Schulleiter Hans Friedrich nicht zu wählen, als er von einer Elterngruppe vorgeschlagen worden war. Nicht dass er unbeliebt war, aber den typischen Gemeindeversammlungsgängerinnen und -gängern waren das, was sie "Intellektuelle" nannten, eher suspekt. Er war tatsächlich so etwas wie das Gewissen des Gemeinderats geworden, weniger in ethischer als in juristischer Hinsicht, denn niemand - natürlich abgesehen vom Gemeindeschreiber - war in Sachen Gesetzen und Reglementen so sattelfest wie er. Gerade damit stiess er immer wieder auf Widerstand. Es wurde ihm Formalismus vorgeworfen, wenn er auf der Durchsetzung der Bestimmungen beharrte, ja sogar Beschwerden bei übergeordneten Stellen androhte. Man hätte sich gerne nach den eigenen Bedürfnissen über das, was die in Bern meinten, hinweggesetzt. War Friedrich in der ersten Zeit unnachgiebig - natürlich nannte Schorsch Schäubi das "stur" -, so verlor er, je näher seine Pensionierung kam, langsam Lust und Kraft zu kämpfen. Der letzte grosse Kampf, den er für sich entschieden hatte, lag schon ein paar Jahre zurück. Die Gewerbetreibenden des Dorfes hatten auf der grünen Wiese ein neues Schulhaus mit allem Drum und Dran aus dem Boden stampfen wollen und behauptet, die Sanierung des Hubelschulhauses lohne sich nicht mehr. Friedrich bezeichnete das als Grössenwahnsinn. Er hätte sich wohl auf die Länge nicht durchsetzen können, aber immerhin gewann er Zeit, bis sich die Umstellung auf das neue Schulmodell abzeichnete. Nun gingen die älteren Schüler ins Oberstufenzentrum in Markingen, und ein Neubau war dadurch obsolet geworden. Das Hubelschulhaus war saniert und mit einer Mehrzweckhalle vervollständigt worden, und im neuen Dorfteil gab es jetzt einen zweiten Kindergarten.

Die beiden Bauern – wie in den meisten ländlichen Berner Gemeinden waren sie auch im Bachwiler Gemeinderat übervertreten – hatten das Sitzungszimmer gemeinsam betreten. Hubelbauer Willy Gubler schien aufgebracht und erzählte Ruedi Baumann gestikulierend etwas von einer Sch..-Melkmaschine und einem Sch..-Mechaniker, und die Sch..-Kühe hätten geschrien, aber wer könne die denn noch von Hand melken im Notfall, die mit ihren Melkmaschinen kompatiblen Kurzzitzen!

Der eine mit ungesund roter Gesichtsfarbe und offenbar mit hohem Blutdruck, der andere ruhig grinsend: Die beiden Bauern konnten auch sonst nicht gegensätzlicher sein. Willy Gubler ging es eigentlich gut, denn sein Vater hatte noch vor der Raumplanungsära im Auerenried Land verkaufen können, als der erste Schub Einfamilienhäuser gebaut wurde. Leidenschaftlicher Landwirt, der er war, hatte er den Ertrag grösstenteils in die Modernisierung und Mechanisierung des Hofes gesteckt. Sohn Willy konnte später für die Häuser am Friedhofweg auch einen schönen Batzen einstecken, aber die kostspielige und luxuriöse Sanierung des Wohnteils, ein 7er BMW, die Sorglosigkeit der Jungmannschaft im Umgang mit Geld und die Entwicklung des Milchpreises brachten mit sich, dass Willy nun zu einem der begabtesten

Kläger über GATT, WTO, die im Amtssitz Grafenstadt, in Bern und sowieso die in Brüssel geworden war. Trotzdem: Dank des stattlichen Ausmasses seines Hofes und weil kein Nachholbedarf an Investitionen bestand, war ihm die Härte wirklicher existentieller Bedrohung eigentlich fremd.

Auch Ruedi Baumann konnte nicht klagen, und er tat es auch nicht. Er war der einzige Bauer im Dorf, der auf Bio umgestellt hatte. Die Bachwiler Bauern hatten ihm Misserfolg mit dem Biozeugs prophezeit - und neideten ihm jetzt den Erfolg. Sie redeten sich damit heraus, dass Ruedi dies nur der Lage seines Hofs zu verdanken habe, denn er lag auf dem Nettiger Feld und schloss an die neuen Quartiere an, dort, wo die Pendler und jungen Familien wohnten. Hofmanns Direktverkaufs-Kiosk war auf einem gäbigen Feldweg erreichbar, entlang der Weide mit den schottischen Urviechern, den zwei Eseln, den freilaufenden Hühnern und Schweinen. Einkauf und Hunde- oder Kinderspaziergang waren damit ideal und attraktiv miteinander zu verbinden.

Felix Stauffer und Schorsch Schäubi waren nun in Schäubis Range Rover vorgefahren und eingetreten. Graf schaute auf die Uhr und stellte fest, dass nur noch ein, zwei Minuten auf acht Uhr fehlten. Wie meistens trudelte Helmut Wismer kurz vor dem Stundenschlag ein. „Trudeln" war insofern wörtlich zu verstehen, als dass er vermutlich auch heute direkt aus dem „Rössli" kam und sein Gang nicht mehr fadengerade war. Immer öfter und intensiver versuchte er dort die Erkenntnis wegzuspülen, welch Duckmäuser er geworden war. An ihm zeigten sich exemplarisch dörfliche Abhängigkeiten: Sein Elektro-Geschäft lief nicht besonders. Je länger je mehr Bachwiler kauften ihre Waschmaschinen und Kühlschränke beim Discounter im Amtshauptort Grafenstadt, und so war Wismer auf jeden Auftrag angewiesen, bis hin zur Wartung der öffentlichen Beleuchtung und der Beschallung der Mehrzweckhalle bei den Lottos der Dorfvereine. Und natürlich auf die in letzter Zeit eher rar gewordenen Neubauten, aber um diese Aufträge zu erhalten, musste er katzbuckeln, wofür er nach seinem eigenen Dafürhalten nicht geschaffen war. Lieber hätte er sich selber in der Rolle des Dorfkönigs gesehen. Die Reste seines Selbstbewusstseins hielt er mit seinem Outfit aufrecht: Selten sah man ihn anders als im dezenten Zweireiher. Und nach etlichen spendierten Runden im „Rössli" kam er sich tatsächlich ein bisschen wie ein Dorfkönig vor - bis der Kater folgte.

Ausser Wismer, der sich schwer auf seinen Stuhl hatte plumpsen lassen, hatte sich noch niemand gesetzt, denn es fehlte immer noch eine Person: Elsbeth Widmer, die Exotin im Kollegium, nicht nur, weil sie hier die einzige Frau war. Sie lebte mit Stefan Trachsel zusammen im Auerengraben hinten und arbeitete als Sekretariatsangestellte beim regionalen Sozialdienst in Markingen. Dass sie in den Gemeinderat gewählt worden war, hatte sie dem Zusammenspiel einiger Zufälle und dem jugendlichen Übermut ihres Lebensabschnittspartners zu verdanken: Elsbeth und Stefan, politisch zwar interessiert, aber mit den lokalen Gegebenheiten noch nicht so vertraut, wollten wenigstens einmal im Leben an einer Gemeindeversammlung teilnehmen. Zwar musste ein Gemeinderatssitz neu besetzt werden, aber am gleichen Abend stand eben auch ein WM-Ausscheidungsspiel der Fussball-Nati auf dem Programm, das durch die spezielle Tabellensituation plötzlich wegweisende Bedeutung erhalten hatte. Die einzige Ortspartei hatte Aschi Schnegg, Automech in Bühlers Garage und eigentlich nur daran interessiert, in Motorblöcken zu wühlen, zur Kandidatur überredet. Er und seine Promotoren hielten es nicht für nötig, an der Gemeindeversammlung teilzunehmen, durfte man doch annehmen, dass die Wahl eine Formsache sein würde. So kam es, dass Stefan bei der Nachfrage des Sitzungsleiters, ob die Vorschläge zur Wahl eines neuen Gemeinderatsmitglieds vermehrt würden, Elsbeth mit dem Ellenbogen anstiess und sie fragte, ob sie nicht wolle. Sie hob eigentlich nur die Augenbrauen, aber Stefan meldete sich und improvisierte eine Rede von wegen Vertretung der jungen Generation und so. Weil die Versammlung wegen des Fussballmatches sowieso nur bescheiden besucht war und die Zusammensetzung des Publikums zudem etwas vom Üblichen abwich, weil eine Vorlage über den Vertrag mit der Markinger Jugendarbeitsstelle auf der Traktandenliste stand, wurde Elsbeth zur Überraschung der An- und – vor allem – Abwesenden gewählt.

Niemand war in der Regel so pünktlich, keiner der Gemeinderäte bereitete sich so gewissenhaft auf die Sitzungen vor wie Elsbeth. Als Präsident Stauffer die Herren an den Tisch rief und sagte, nun fange man halt ohne sie an, war einigen bedeutungsschwangeren Gesten trotzdem zu entnehmen, dass man von

einer Frau ja nichts anderes als Unpünktlichkeit er-
warten könne.

Unfall?

Ueli Hubers Hof lag auf der Sonnseite, nördlich des Auerengrabens. Deshalb hatte er nach dem Znacht auch im Herbst noch genügend Tageslicht, um Zäune zu flicken. Genau das tat er an diesem Abend. Dabei fiel sein Auge auf einen farbigen Flecken drunten im Bachlauf der Aueren, vielleicht einen Haufen Kleider. Oder war es gar eine menschliche Gestalt? Er eilte auf den Hof zurück, holte das Handy und den Feldstecher – und sah seinen Verdacht bestätigt. Einige Meter weiter oben hing verbogenes Metall, das vielleicht einmal ein Fahrrad gewesen war. Ueli griff zum Handy und wählte 117.

Es sollte später einen grausamen Rüffel absetzen für die Streifenpolizisten Wacker und Dummermuth, weil sie auf dem Bachweg so nahe wie möglich an den angegebenen Ort gefahren waren. Aber wie hätten sie zu diesem Zeitpunkt schon ahnen sollen, dass sie dadurch mögliche Spuren niederwalzten? Dummermuth stieg mit dem Notarzt ins Tobel runter und funkte wenig später hinauf: „Da ist nichts mehr zu machen. Es handelt sich um eine junge Frau. Es liegen Papiere umher, vermutlich handelt es sich um eine Elsbeth Widmer. Schick die Ambulanz heim."
In der Zwischenzeit hatte sich Wacker droben umgesehen und versucht, sich ein Bild vom Unfallhergang zu machen. Die Verunglückte musste in Richtung Dorf gefahren sein. Da der Weg ein ziemliches Gefälle aufwies, war die Geschwindigkeit wohl recht hoch gewesen. Hinter einer unübersichtlichen Links-

kurve dann war das morsche Geländer rechts auf der Seite des Tobels durchbrochen. Sie hatte, wie es im Verkehrspolizisten-Jargon hiess, offenbar die Herrschaft über ihr Fahrzeug verloren. Aber es gab da etwas, was Wacker irritierte: Unterhalb der Unfallstelle lag eine junge Fichte quer über dem Strässchen. Sie war unten sauber abgesägt, also nicht einfach so runtergefallen, und vor allem waren daran Spuren erkennbar, die von der gleichen Farbe wie der des Fahrrads waren, das weiter unten am Tobelrand hing. Die Velofahrerin, die mit Tempo um die Kurve kam, hatte sich kaum dagegen wehren konnte, ins Tobel zu stürzen. Und da stellte sich natürlich die Frage: Wie war der Baum hierhin gelangt? Zufällig? Beabsichtigt?

Über diese Frage hatte ein Streifenpolizist nicht zu entscheiden. Deshalb funkte Wacker zurück: „Lasst alles liegen, da ist etwas nicht sauber, ich verständige das Dezernat Leib und Leben." Er leitete das in die Wege, und dann begannen er und Dummermuth unverzüglich damit, den Tatort zu sichern. Nachdem sich die Ambulanz auf den Rückweg begeben hatte, zogen sie auch den Streifenwagen vor die Einmündung in den Bachweg zurück und sperrten diesen mit Plastikbändern und einem Fahrverbot ab.

Sie waren kaum damit fertig, als ein kleiner Kastenwagen vorfuhr und, über die Vorderachse einnickend, knapp vor der Absperrung stehen blieb. Man hörte die Handbremse ratschen, und ein junger Mann stieg aus. „Was ist denn hier los?"

„Hier ist abgesperrt", entgegnete Wacker überflüssigerweise, „wo wollen Sie denn hin?"

„Ich wohne hinten im Bedli, ich muss hier durch!" insistierte der Fahrer.

Das war nun nicht gerade eine Routineangelegenheit für Wacker. Was durfte, was musste er sagen? Er versuchte Zeit zu gewinnen: „Wie viele Häuser hat es dort hinten?"

„Nur das Bedli."

„Wohnen Sie dort alleine?"

„Ich wohne mit meiner Freundin, zusammen. Ausser uns zweien gibt's da nur noch Füchse und Hasen."

Wacker zögerte. Schliesslich fragte er nach beider Namen. Der junge Mann begehrte auf: "Was ist denn los da hinten?" Und dann, besorgt: „Ist Elsbeth etwas passiert?"

„Wie heissen Sie beide denn nun mit vollem Namen?"

„Ich bin Stefan Trachsel, meine Freundin heisst Elsbeth Widmer."

Alles sich Winden half nichts, Wacker musste es wohl aussprechen: „Ich fürchte, Sie müssen auf das Schlimmste gefasst sein. Es hat einen Unfall gegeben. Ihre Freundin ist tot."

Mord

Als Diensthabender des Dezernats Leib und Leben an diesem Abend fiel es Bernhard Jeger zu, die Leitung der Ermittlung im Bachwiler Todesfall zu übernehmen. Als er zum Tatort fuhr, die erst spärlichen Informationen überdenkend, überwog zunächst die Spannung: Würde es ein Routinefall werden oder ein Fall, der Aufsehen erregt, vielleicht sogar einer, der für seine weitere berufliche Laufbahn richtungsweisend sein konnte? Als er aber angekommen war, den Abstieg ins Tobel zur Leiche hinter sich hatte und vor dem zerschmetterten Körper kauerte, wich diese Stimmung einer Niedergeschlagenheit und der unbestimmten Hoffnung, es möge sich bei diesem Unglück um einen tragischen und unglücklichen Vorfall handeln, niemand habe ihn bewusst herbeigeführt und zu verantworten.

Streifenpolizist Wacker zeigte ihm den Baumstamm und äusserte seine Überlegungen dazu. Im Vordergrund stand die Frage, wie die Fichte in die verhängnisvolle Position gelangt war. Jeger liess sofort das Gebiet weiträumiger absperren, insbesondere den bewaldeten Hang oberhalb des Bachwegs bis hin zur Geländeterrasse, auf der das Ausflugsrestaurant Auerhof über dem Dorf lag. Viel mehr konnte man im Moment nicht mehr tun, denn es war dunkel geworden, und die Gefahr bestand, beim Absuchen des steilen Waldes mehr Spuren zu zerstören als zu finden.

Nachdem der Fundort der Leiche aus allen Winkeln fotografiert und die Position markiert war, ordnete Jeger den Abtransport der Leiche und die Bewachung des Tatortes an und erkundigte sich, ob es im Dorf eine Übernachtungsmöglichkeit gebe. Es wurde ihm beschieden, das „Rössli" habe Gästezimmer. Kurz vor der Polizeistunde traf er dort ein und bezog ein unlängst etwas modernisiertes Zimmer mit Minibar, aus der er sich, etwas verloren auf dem Bettrand sitzend, ein Bier genehmigte. Er wusste, dass ihm eine unruhige Nacht bevorstand, denn er kannte sich: Sein Gehirn würde um die wenigen Fakten kreisen, würde eine Menge Fragezeichen anhäufen und dabei nicht zur Ruhe kommen. Er war nicht das Genie, das gelassen Theorien entwickelte und dann in aller Ruhe Hypothesen überprüfte, bestätigte oder verwarf. Seine Fähigkeit war es, sich in einen Fall zu verbeissen, hartnäckig jeder Möglichkeit nachzugehen, bis sich daraus ein eindeutiges Bild ergab. Seine Verbissenheit hatte ihm schon manchen Ermittlungserfolg gebracht. Im Privatleben machte sie ihn einsam. Mitte dreissig, mittelgross und eher schmächtig gebaut, am Hinterkopf sich bereits lichtende Haarpracht, kurzsichtig, unbeweibt, kleine Vorstadtwohnung: ein fähiger, fleissiger, solide ausgebildeter Ermittler, ansonsten uninteressant, sogar für seine Kollegen, die kaum Privates von ihm wussten und seine Gesellschaft nach Feierabend nicht suchten. So verbrachte er seine Freizeit mit dem Lösen von Rätseln und dem Zusammenkleben und Bemalen von Plastik-Automodellen. Wenn ihm die Decke auf den Kopf fiel, wanderte er ziellos durch die Stadt, immer in der vagen Hoffnung, dass sich etwas ereignen würde. Aber diese Hoffnung wurde nie erfüllt, ausser dass er hin und wieder von einer aufreizend zurechtgemachten Frau angesprochen wurde, die ihm ein eindeutiges Angebot machte. Darauf ging er nie ein, nicht aus moralischen Bedenken oder weil er kein einschlägiges Bedürfnis gehabt hätte, sondern weil er Angst davor hatte, zu versagen und sich lächerlich zu machen. Er empfand die Unvollständigkeit in seinem Leben und war überzeugt, dass sie nur durch die Nähe einer Frau behoben werden konnte, aber er fand kein Mittel, um seine Schüchternheit zu überwinden. Der Gedanke an Internet-Bekanntschaften oder Partnerschaftsvermittlungsinstitute war ihm natürlich schon gekommen, aber er wusste: Irgendeinmal müsste er dem weiblichen Wesen gegenübertreten, und er würde zu schwitzen und zu stammeln beginnen, rot werden, sich miserabel fühlen und nur noch fliehen wollen. Die einzige Möglichkeit, die er sah, war die, im Rahmen seiner beruflichen Tätigkeit jemanden zu finden, also in einem Revier, in dem er sich fähig und einigermassen sicher fühlte. Wenn er zum Beispiel mit Eveline Jutzi, Innendienstmitarbeiterin im Dezernat, zu tun hatte, ging das ganz gut, und er hatte auch den Eindruck, dass er ihr nicht unsympathisch war. Er stellte sich oft vor, wie schön es wäre, mit ihr Hand in Hand der Aare entlang zu spazieren. Aber wenn er sich nur schon mit dem Gedanken beschäftigte, sie zu einem Kaffee oder einem Kinobesuch einzuladen, brach ihm bereits der Schweiss aus. Nun, solange er sich in eine Ermittlung knien konnte, traten diese Probleme in den Hintergrund. Und so wartete er im Gästezimmer des „Rössli", nur hin und wieder in unruhigen Schlaf fallend, den Morgen ab, auf dass er sich endlich in die Arbeit stürzen könne.

Jeger war am Morgen ganz alleine in der Gaststube des „Rössli". Während er auf das Frühstück wartete, besprach er übers Handy mit der Spurensicherung das weitere Vorgehen, forderte in Bern Verstärkung an und gab Anweisungen, wer was in Angriff zu nehmen habe. Hastig spülte er zwei Gipfeli mit ebenso vielen Tassen Kaffee runter und machte sich dann zu Fuss auf den Weg zum Tatort. Schon gestern beim Absperren des Tatorts und der näheren Umgebung waren ihm an der Auerhofstrasse, dort, wo sie am Waldrand entlang gegen das Dorf hinunter verlief, ein paar geschlagene Fichtenstämme aufgefallen. Zwischen diesem Stapel und dem Unfallort lagen nur ein paar dutzend Meter steiler Wald. Dessen Besitzer war in der Person von Willy Gubler, Bauer und Gemeinderat, bald gefunden. Widerwillig, er habe seine Zeit schliesslich nicht gestohlen, ging er auf den Wunsch Jegers ein, sich mit ihm ins fragliche Waldstück zu begeben. Beim Augenschein bestätigte er dann Jeger: Die Fichte stamme von diesem Stapel, er habe die paar Stämme im Laufe der letzten Woche gefällt und mit der Winde nach oben geschleift. Mit diesem Bescheid wollte Gubler abschleichen, aber Jeger liess ihn nicht gehen und forderte ihn auf, mit ihm den Hang zu begehen. Die Spurensuche gestaltete sich schwierig, und das Ergebnis war zunächst bescheiden. Zwar waren jede Menge Schleif- und verwischte Fussspuren erkennbar, aber es war nicht zu unterscheiden, ob sie vom Holzschlag stammten oder davon, dass jemand die Fichte vom Stapel nach unten gezerrt hatte. Erst als ähnliche Spuren auch ganz zuunterst, einige Meter oberhalb des Bachwegs, gefunden wurden, sagte Gubler mit Bestimmtheit: „Hier haben wir nicht gearbeitet, die sind nicht von uns." Aber brauchbare Abdrücke waren nicht erkennbar, denn es war offenbar eher eine Rutschpartie gewesen. Und leider hatte es sich auch als aussichtsloses Unterfangen erwiesen, die Fussspuren auf dem Bachweg zu verfolgen. Wenn sich die Person, die forthin mit dem Ausdruck „Täter" bezeichnet wurde, innerhalb der Spurrinne Richtung Dorf bewegt hatte, bestand kaum eine Chance, etwas über Details seiner Fussbekleidung in Erfahrung zu bringen: Trotz akribischer Suche waren nur die Reifenprofile der Ambulanz und des Fahrzeugs der mobilen Polizei zu erkennen.

Mittlerweile war es Mittag geworden, und Jeger sass mit Mitarbeiter Samuel Josi beim Essen im „Rössli". Josi berichtete, was er bisher über Elsbeth Widmers Tagesablauf herausgefunden hatte. Auf der Gemeindeschreiberei hatte er erfahren, wo sie arbeitete. Wie jeden Dienstag war Elsbeth gestern mit dem Halb-Zwei-Postauto nach Markingen an ihre 50%-Stelle im Regionalen Sozialdienst, wo sie die Administration erledigte, gefahren. Am Arbeitsplatz sei nichts Aussergewöhnliches vorgefallen, ausser dass sie nervöser als sonst gewesen sei, aber das sei sie vor jeder Gemeinderatssitzung gewesen, meinten ihre Kolleginnen und Kollegen, die an ihrer politischen Karriere lebhaften Anteil nahmen. Sie war um halb sechs mit dem Postauto in Bachwilen angekommen. Der Buschauffeur hatte sie noch beobachtet, wie sie ihr dorfbekanntes, vollgefedertes, schockfarbenes Mountainbike vom Veloständer bei der Kirche losgebunden hatte und weggefahren war.

„Nehmen wir mal an, dass sie viertel vor acht daheim weggefahren ist, um ins Gemeindehaus zu fahren, dann blieben von 17 Uhr 45 an zwei Stunden Zeit, um den Fichtenstamm in Position zu bringen", sinnierte Jeger vor sich hin. „Natürlich ist es nicht ausgeschlossen, dass es ein Dumme-Jungen-Streich mit fatalen Folgen ist, aber ... Jedenfalls müssen wir alles zusammentragen, was über das Opfer in Erfahrung zu bringen ist. Du, Sämu, nimmst heute Nachmittag den Arbeitsplatz von Elsbeth Widmer unter die Lupe. Ich besuche Stefan Trachsel im Bedli. Wir treffen uns zum Znacht im „Rössli"."

Wer war Elsbeth Widmer?

Vor 100 Jahren und mehr war das Bedli das gewesen, was sein Name aussagt: Hier trafen sich Herren und Damen aus der Stadt, wobei situativ sowohl „Herren" wie „Damen" in Anführungszeichen zu setzen sind, und ... badeten. Es gab in der weiteren Umgebung viele solche Bäder; die einzigen Voraussetzungen, die erfüllt sein mussten: verschwiegene Umgebung, Wasser und Holz zu dessen Erwärmung, Platz für einige Bottiche. Als die Blütezeit solcher Etablissements vorbei war, verkümmerte das Beizli zusehends. Zunächst war es noch eine Adresse für Süffel, nirgends weit und breit gab es so lange, bis fast in die Neuzeit hinein, schwarzgebrannten Härdöpfeler. Aber Süffel sterben bekanntlich früh, der Restaurationsbetrieb wurde aufgegeben. Die Familie Schäubi kaufte es für ein Butterbrot, quasi aus Prinzip, denn sie riss sich nach Möglichkeit alles unter den Nagel, was an Grundstücken und Immobilien in den Verkauf gelangte. Dann stand das Bedli eine Zeit lang leer und gab sich dem Verfall hin, bis vor einigen Jahren die jetzigen Bewohner einzogen.

Selbstverständlich hielten die Dorfbewohner Stefan „Stiefi" Trachsel für einen Drögeler, und tatsächlich wäre er fast einer im engeren Sinne geworden; aber als er merkte, dass seine einzigen Freunde und Bekannten Kiffer und Junkies waren und dass er jetzt abspringen müsse, wenn er nicht abrutschen wolle, ergriff er die Flucht. Nachdem er zwei Monate in einer Drogentherapieinstitution verbracht hatte, besorgte er sich, gelernter – und begnadeter – Schreiner, der er war, mithilfe eines Darlehens seiner Mutter die nötigsten Holzbearbeitungsmaschinen und zog mit seiner Lebensabschnittsgefährtin Elsbeth im Bedli in Bachwilen ein. Zunächst steckte er viel Arbeit in das heruntergekommene Haus, danach begann er, Holzspielsachen zu fertigen, die er selber auf dem Märit an den Mann und die Frau brachte. Es könnte natürlich sein, dass die Konfektionierung der mannshohen Stauden, die man verteilt an schlecht zugänglichen Stellen an Börtern und Waldrändern fand, einen nicht unerheblichen Anteil seines Einkommens – und dazu noch unversteuert – ausmachten. Jedenfalls reichte es, zusammen mit dem, was Elsbeth Widmer beim Regionalen Sozialdienst in Markingen verdiente. Alles in allem liess man sie in Ruhe, nachdem sich einmal herausgestellt hat, dass es sich um zwar etwas ungewohnte, aber nette, zurückgezogene Menschen handelt. Hin und wieder gab es sogar ein Schreineraufträgli für Stiefi; das erledigte er sauber und fachmännisch, wenn auch nicht immer termingerecht.

So viel wusste Jeger schon aus Gesprächen im „Rössli", als er bei strahlendem Herbstwetter beim Bedli vorfuhr. Trachsel arbeitete mit nacktem Oberkörper im Garten. Er blickte auf und dem Besucher entgegen, legte sein Werkzeug ab, begrüsste Jeger und führte ihn auf die bröckelnde Stampfbeton-Terrasse, wo sie auf alten Autositzen an einem angerosteten runden, noch ein bisschen roten Tisch Platz nahmen, der wohl schon vor Jahrzehnten Dienst getan hatte, als das Bedli noch über einen Restaurantgarten verfügt hatte. Fast entschuldigend sagte er, eigentlich habe der Garten ihn nicht mehr dringend nötig, aber es tue ihm gut, so etwas zu machen, er könne sich nicht so recht auf eine anspruchsvollere Tätigkeit konzentrieren.

Aufgefordert zu erzählen, wie der besagte Dienstag für ihn verlaufen sei, begann er: „Am Dienstag ist jeweils Wochenmarkt in Grafenstadt. Ich gehe nicht jede Woche hin, aber an diesem Tag war ich dort. Das bedeutet vorbereiten, packen, Fahrt, aufstellen des Standes, und dann stehe ich bis mindestens vier Uhr hinter dem Stand. Bis alles gepackt und aufgeräumt ist, wird es jeweils so fünf Uhr. Dann musste ich noch jemandem etwas bringen und bin ein bisschen rumgehangen. Etwas nach 20 Uhr war ich dann in Bachwilen, das wissen Sie ja."

„Wem haben Sie wann was wohin gebracht?"

Trachsel druckste rum: „Halt ein ... Produkt aus meiner Werkstatt. Es war sowieso niemand zu Hause, ich habe einige Zeit gewartet und es dann einfach deponiert."

Jeger konnte sich damit nicht zufrieden geben: „Da klafft ein ziemliches Loch zwischen dem Abbruch des Marktstandes und Ihrer Ankunft in Bachwilen, da müssen Sie mir schon etwas Konkreteres darüber sagen!"

Nach längerem Überlegen meinte Trachsel: „Glauben Sie, was Sie wollen: Ich war wirklich bis ungefähr Viertel vor Acht in Grafenstadt. Ich kann darüber nicht mehr sagen. Wenn meine Schwarte voll beladen ist, brauche ich mindestens eine halbe Stunde für die Fahrt nach Bachwilen."

Jegers Nachhacken brachte nichts. Er stellte noch ein paar Fragen zu Elsbeth Widmer, ihrer Arbeit, ihrem Gemeinderatsmandat, ob etwas Auffälliges passiert sei in letzter Zeit, ob sie Feinde habe. Da er noch zu wenig wusste, um gezielter zu fragen und da Trachsel dazu keine Aussagen machte, die weiterführten, tippte Jeger schliesslich die spärliche Aussage in den Laptop, druckte das Protokoll aus, liess es durchlesen und unterschreiben.

Samuel Josi liess sich in der Regel nicht aus der Ruhe bringen. Leicht übergewichtig, mit Walrossschnurrbart, rosiger Gesichtsfarbe und meist freundlich dreinschauenden Schweinsäuglein war er ein Gemütsmensch. Aber als Jeger gegen Abend auf Josis Tisch im „Rössli" zuging, war diesem Ungeduld und Aufregung ins Gesicht geschrieben. Jeger sah ihm fragend in die Augen und sagte: „Dann leg mal los!"

„Ich habe da etwas saumässig Interessantes gefunden." Josi klatschte mit der flachen Hand auf das Bündel Papiere, das vor ihm lag. „Ich gebe dir mal einen groben Überblick: Wir haben auf Frau Widmers PC an ihrem Arbeitsplatz die Abschrift eines Handelsregisterauszugs aus dem Fürstentum Lichtenstein über eine Holding-Firma namens AC-Holding AG gefunden, in deren Verwaltungsrat Georg Schäubi sitzt und die 100% der Aktien einer Agrarculto AG hält, die wiederum jeden Quadratmeter landwirtschaftlichen Landes in der Umgebung des Dorfkerns von Bachwilen besitzt, der je in den freien Verkauf gelangt war. Ich bin mit dem bäuerlichen Bodenrecht nicht vertraut, aber eins weiss ich: So einfach ist der

Erwerb von landwirtschaftlichem Boden durch eine solche Körperschaft nicht. Eine der Voraussetzungen, dass die Bewilligung dafür erteilt wird, ist, dass sich kein anderer Kaufinteressent meldet. Stell dir das mal vor bei Land, das an landwirtschaftliche Betriebe grenzt!"

Jeger schaute versonnen zum Fenster hinaus. Dass er ein Bleistift aus der Jacke gezogen und begonnen hatte, damit in den Ohren zu grübeln, hatte sich seiner Kontrolle vollständig entzogen. „Was meinst du, ist so etwas möglich, ohne dass nicht zumindest der eine oder andere der Dorfhonoratioren mit involviert ist? Eigentlich kann ich mir das nicht vorstellen." Nach einer Pause schob er nach: „Wenn wir die jetzt direkt ansprechen, wird's mühsam. Wir müssen einen anderen Weg finden, dem nachzugehen." Dabei wurde er sich seines unappetitlichen Tuns bewusst; verlegen zog er das Bleistift aus dem Ohr. „Weißt du was? Bereits wimmelt es hier von Journies, morgen wird's noch schlimmer sein. Da fällt es nicht auf, wenn unsere Leute sich darunter mischen und auf inoffiziellem Weg herauszufinden versuchen, was das Dorf über seine Gemeinderäte so denkt. Vielleicht kann man sich sogar beiläufig erkundigen, ob und wo man sie am Dienstagabend gesehen hat. Wen können wir da einsetzen?" Die beiden steckten die Köpfe zusammen und besprachen, wen vom Dezernat man für eine solche Aufgabe einsetzen konnte. Dann hingen sie sich an ihre Handys und brachten die Sache ins Rollen, bevor sie sich die Speisekarte geben liessen.

Volkes Stimme

Bernhard Jeger eröffnete zwei Tage später das Treffen des „Büros", wie die Gesamtheit der mit dem Fall Betrauten intern genannt wurde, zu den bisherigen Ergebnissen der Aktion „Rumhören" mit einem kurzen Bericht über sein Gespräch mit dem Lebenspartner des Opfers. Eveline Jutzi, deren Aufgabe es war, alle Informationen zusammenzustellen, die von den Fahndern zusammengetragen worden waren, steuerte das Gerücht bei, dass Stefan Trachsel einen kleinen, aber wohl einträglichen Handel mit Hanfprodukten unterhielt. Die Untersuchungsrichterin Barbara Aellen zog die Augenbrauen hoch und machte sich dazu eine Notiz. Jedenfalls lag der Verdacht nahe, dass Trachsels Unwille, detaillierte Angaben zu seiner Alibi-Lücke zu machen, damit zu tun hatte. Tatsache blieb aber: Trachsel hatte kein zufriedenstellendes Alibi angegeben.

Dann trug Eveline Jutzi die Informationen vor, die zu den einzelnen Mitgliedern des Gemeinderatskollegiums zusammengetragen worden war. Es war für sie das erste Mal, dass sie in einem bedeutenden Fall eine so wichtige Funktion innehatte, und so war es auch das erste Mal, dass sie in diesem Ausmass in den Vordergrund trat. Ihrer Meinung nach war sie schon von ihrer äusseren Erscheinung dafür bestimmt, im Hintergrund zu wirken. Schmucklos war wohl das Attribut, das am Besten zu ihr passte, sowohl was ihren Körperbau wie was ihr ovales, etwas flaches Gesicht und die unprätentiös halblang auf die Schultern fallenden Haare anbelangte. Ihre Gotte hatte ihr immer gesagt, sie habe ein liebes Gesichtchen, was sie je länger desto weniger hören mochte, welcher Teenager ist schliesslich schon lieber lieb als hübsch. Das Schönste an ihr waren ihre makellosen Zähne, die sie darum häufig zeigte, weil sie von ihrem Naturell her gerne strahlend lächelte. Leider – nach ihrem Dafürhalten – zeigte sie dabei zu viel Zahnfleisch über der oberen Zahnreihe, so dass sie oft nach dem ersten Impuls ihr Lächeln zurücknahm und den Mund schloss.

Ein bisschen unsicher liess sie den Blick über die Anwesenden schweifen. Einen kurzen Moment schaute sie dabei Jeger direkt in die übernächtigten Augen, und sie bemerkte, wie er verlegen den Kopf senkte. Nicht das erste Mal verspürte sie das diffuse Bedürfnis, ihn zu trösten. Sie wischte den Gedanken beiseite und begann mit ihrer Zusammenfassung:

Gemeindepräsi Felix Stauffer galt als integrer Typ, dem niemand etwas Unrechtes zutraute. Andererseits schien niemand so richtig warm zu werden mit ihm. Er kam allen etwas verdrückt, verklemmt vor. Es war zu hören, dass er überall „ds Zwöi am Rügge" habe, im Gemeinderat, im Alters- und Leichtpflegeheim und daheim. Unfreundlich sei er nicht, keineswegs, aber es käme einem so vor, als ob es ihm Mühe mache, mehr als das Nötigste mit den Leuten zu sprechen. Zum Beispiel am vergangenen Dienstag: Einige Anwohner der Mattenstrasse waren in ihren Gärten beim Abendessen gesessen. Stauffer sei mit der Mappe unter dem Arm vorbeigegangen, ohne nach links und rechts zu schauen, und wenn ihm jemand einen Gruss zugerufen hatte, sei er fast zusammengeschreckt und habe kaum zurückgegrüsst. Wann das gewesen sei? Na ja, so kurz vor 19 Uhr. Von Gemeindeschreiber Graf wusste man, dass keiner der Gemeinderäte vor 19:50 Uhr im Sitzungszimmer erschienen war. Jeger notierte: „Stauffer: 19:00 –19:50?"

Über Georg „Schorsch" Schäubi schieden sich die Geister im Dorf: Für die einen war er ein Macher, der viel Gutes für das Dorf tat, den anderen ging sein oft eigenmächtiges Handeln und sein Machtanspruch gegen den Strich, und sie nannten seinen Namen im gleichen Atemzug mit der Bezeichnung einer wenig schmeichelhaften Körperöffnung. Deutlich zeigte sich die Polarisierung darin, wie die Bachwiler auf Schäubis immer öfter verkündetes Postulat reagierten, den Siedlungsraum auszudehnen, „das Dorf von seinen Fesseln zu befreien", wie er sich ausdrückte, ja sogar eine Gewerbezone auszuscheiden: Den einen glänzten die Augen in Erwartung von Arbeit, Steuergeldern und Umsatzsteigerungen, die andern befürchteten, das Dorf würde zersiedelt, seinen anmutig ländlichen Charakter verlieren und die Last der Infrastrukturkosten nicht tragen können. Nur einem Zug von Schorsch wurde einmütig Bewunderung gezollt: Seit seine Gesichtsfarbe bis vor zwei Jahren in dem Masse röter geworden war, wie seine Gestalt an Stattlichkeit zugelegt hatte, traf man ihn völlig untypgemäss mindestens drei Mal pro Woche auf dem Bike, am Dienstag und Donnerstag jeweils kurz nach seinem Feierabend gegen 18 Uhr, am Sonntag morgens so, dass er vor dem Kirchgang, den er kaum je ausliess, noch duschen und sich sonntäglich anziehen konnte. Ja, man hatte ihn auch an jenem Dienstag gesehen, wie er das Dorf Richtung Nettigkofen verlassen hatte. Nein, man könne sich nicht erinnern, seine Rückkehr beobachtet zu haben, vielleicht sei ja Tagesschau-Zeit gewesen. Jeger notierte: „Schäubi: 18:00 -? Auerhof (beim Holzstapel?)!".

Die Erwähnung von Helmut Wismer rief bei den Angesprochenen meist eine leicht verächtliche Geste hervor, ein Schulterzucken oder ein schiefes Grinsen. Zwar war und blieb er derjenige, den man anrief, wenn sich akute Probleme mit elektrischen Installationen zeigten, denn fachlich war ihm und seinen Büetzern nichts anzukreiden. Aber er geriet leicht zur Lachnummer, wenn er – entgegen dem, was man beim durchschnittlichen „Rössli"-Besucher beobachtete – dort im nachtblauen Zweireiher und mit seidener Krawatte erschien und nach etlichen Runden mit grossartigen Gebärden sein reichlich verschwommenes politisches Credo mit schwerer Zunge verkündete. Es war auch aufgefallen, dass daheim der Haussegen offenbar ziemlich schief hing, denn immer häufiger sass er bereits vom Feierabend an am Stammtisch und nahm fast nur flüssige „Nahrung" zu sich. Ob das allerdings auch am Dienstag so gewesen sein soll, das wusste niemand mit Gewissheit zu sagen. Mehr war nicht über ein allfälliges Alibi in Erfahrung zu bringen. Jeger notierte hinter „Wismer" ein Fragezeichen.

Wenn ausnahmsweise jemand die Nase rümpfte, wenn die Sprache auf Ruedi Hofmann kam, dann konnte man sicher sein: Es war ein Bauer, denn Ruedi war ihnen ein Dorn im Auge, einfach darum, weil er

Erfolg hatte mit der Umstellung seines Hofes auf Bio und mit seinem Direktverkauf. Die meisten, vor allem die Bewohner der Quartiere Richtung Nettigkofen, wussten nur Gutes zu berichten. Fast alle hatten sie schon bei ihm eingekauft. Solange die Abende lang, warm und hell blieben, war Ruedis Hofverkauf bis um 20 Uhr offen, und meist bediente er selber, trat auch gerne mit den Käufern auf den Vorplatz hinaus und zeigte von Ferne, von welchem Feld oder Baum das Eingekaufte stammte, wechselte ein paar Worte darüber, welche speziellen Qualitäten diese Frucht hatte und ob dieser Sorte das Wetter gut getan habe oder nicht. Letzten Dienstag um die Abendessenszeit hatte allerdings Ruedis Frau den Stand betreut. Auch Hofmann erhielt in Jegers Notizen ein Fragezeichen.

Willy Gubler war wohl einer der Bauern, die die Nase am deutlichsten rümpften über Bio-Ruedi, denn er setzte wie kaum einer auf konventionelle Landwirtschaft mit den Schwerpunkten Fleisch und Milch. Er könne dann ein ganz ekliger Cheib sein, erzählte eine Frau vom Auereried. Ihre Kinder hätten am Dienstag auf dem Sportplatz bei der Mehrzweckhalle gespielt. Als sie um 18 Uhr nicht zum Abendessen heimgekommen seien, sei sie sie suchen gegangen. Sie habe sie schliesslich mit einer ganzen Kindermeute beim Hubelhof droben gesehen und, als sie dazu gekommen sei, gehört, wie Gubler den Melkmaschinen-Techniker zusammengestaucht habe, weil die Maschine nicht funktionierte und die Kühe seit einer Stunde mit vollen Eutern ihren Unmut mit zunehmender Lautstärke übers Dorf brüllten. Plötzlich hatte sich Gublers Wut auch auf die Gaffer entladen, und er hatte sie angefahren, sie sollten sich schleunigst vom Hof scheren. Vom Gartenplatz aus hatte die Familie während des Abendessens die Szenerie beobachtet, und erst kurz vor 20 Uhr war Ruhe eingekehrt, Gubler habe sich in seinen BMW geschwungen und sei mit aufheulendem Motor Richtung Gemeindehaus gerast. Jeger setzte einen Haken hinter „Gubler".

Keine Emotionen weckte hingegen Schulleiter Hans Friedrich. Er galt als Tröchni, als einer, der sich schwer tat mit der „heutigen Jugend" und der die baldige Pensionierung herbei sehnte. Eltern interessierten sich lediglich dafür, wer neuer Schulleiter werden würde, ob einer der bisherigen Lehrkräfte das übernehmen könnte und wer in Zukunft die fünfte und sechste Klasse übernehmen würde. Man erwartete demnächst Neuigkeiten darüber, denn am Dienstag sei „einer von Bern" da gewesen, er sei nach der Schule mit dem Lehrkörper und der Schulkommissionspräsidentin zusammengesessen und danach offenbar zum Znacht bei Friedrichs geblieben, denn sein Auto sei auch noch kurz vor 20 Uhr dort gestanden, und danach hatte man Friedrich beim Gemeindehaus aus dem Wagen des Beamten steigen sehen. Auch „Friedrich" erhielt auf Jegers Notizzettel einen Haken.

Nach kurzer Pause, während der sich die „Büro"-Mitglieder das Gesagte durch den Kopf gehen liessen und ihre Notizen vervollständigten, meldete sich Untersuchungsrichterin Aellen: „Was wissen wir denn nun über Elsbeth Widmers Vergangenheit?"

34

Eveline Jutzi kramte in ihren Papieren, räusperte sich und begann: „Da gibt es ein paar ganz interessante Dinge zu berichten."

Schatten der Vergangenheit

Eveline Jutzi begann ihren Bericht über Elsbeth Widmers Vergangenheit mit den Worten: „Da ist alles zu finden, was den Fall für die Boulevard-Presse so richtig saftig macht: unbekannter Vater, Drogen, Prostitution und auch sonst noch einiges."

Elsbeths Mutter hatte ein unstetes Leben geführt: Sie hatte überall in der Schweiz gejobbt, ein Jahr da, ein paar Monate dort, meist im Gastgewerbe. Erst nach Elsbeths Geburt war sie ein bisschen sesshafter geworden. Verheiratet hatte sie sich erst vor ein paar Jahren. Sie wohnte jetzt zusammen mit ihrem Mann in Bern, hiess nun Frau Schüpbach, servierte aushilfsweise und bediente stundenweise in der RailCity die Kasse eines Grossverteilers. Elsbeth hatte noch eine jüngere Schwester, zu beiden Töchtern war in den Akten kein Erzeuger vermerkt. Elsbeth war 1972 in Bern zur Welt gekommen. Hier sah Jutzi von ihren Papieren auf: „Ratet mal, woher Frau Widmer kurz vor Elsbeths Geburt nach Bern gezogen ist: aus Bachwilen! Sie hatte im Auerhof während der Sommersaison serviert."

Noch bevor Elsbeth schulpflichtig war, zog die Rumpffamilie zuerst nach Winterthur, dann nach St. Gallen, wo Elsbeths Schwester zur Welt kam, und dann nach Zürich. Dort beendete Elsbeth die Schulpflicht, ohne aufzufallen, und begann eine KV-Lehre. Gegen Ende der Lehre tauchten Schwierigkeiten auf, die – laut Lehrmeister – damit zu tun gehabt haben sollen, dass Elsbeth zu „giften" angefangen habe. Sie schaffte den Lehrabschluss gerade noch knapp, „und danach prangt ein mehrjähriger weisser Fleck im Lebenslauf von Elsbeth Widmer", sagte Eveline Jutzi kurz aufblickend. Sie soll von einem Trip nach Indien gesprochen haben, aber man wisse darüber nichts Konkretes. Gemeldet blieb sie unter der Adresse ihrer Mutter.

„Das nächste, was wir wissen, ist, dass sie Ende 1998 in Zürich eine Stelle antrat. Es gibt Rapporte, wonach sie einige Male in der Nähe von Drogenumschlagsplätzen kontrolliert worden ist. Sie hatte aber immer einen festen Wohnsitz, zuerst bei ihrer Mutter, danach in einer WG, und sie scheint keinen verwahrlosten Eindruck gemacht zu haben. Zwei Jahre später hat sie freiwillig eine Therapie in einer Institution im Zürcher Oberland gemacht. Danach zog sie zusammen mit ihrer Schwester Ruth nach Bern. Elsbeth arbeitete, und ihr Name taucht nur im Zusammenhang mit Ruth, die mehrfach im Bereich der Reitschule aufgegriffen worden ist, in Polizeiakten auf. Ende 2001 setzte sich Ruth den goldenen Schuss. Das war vermutlich der Auslöser für Elsbeths totalen Absturz: Sie gab ihre Arbeit auf, und die Sitte zählte sie ab diesem Zeitpunkt zu den Drogenprostituierten."

Elsbeth schien aber von zäher Natur gewesen zu sein: Abermals hatte sie sich aufgerappelt und war aus eigenem Antrieb in eine Entziehungs- und Therapiestation eingetreten. Dort lernte sie offenbar Stefan Trachsel kennen. Unmittelbar danach wurde ihr die Stelle im regionalen Sozialdienst in Markingen vermittelt, und das Paar zog im Herbst 2002 nach Bachwilen.

Die Leute in der Runde hatten aufmerksam zugehört und sich Notizen gemacht. Nach einer kurzen Pause wollte Bernhard Jeger wissen, ob Elsbeths Mutter nach ihrer Bachwiler Zeit befragt worden sei. Das Gespräch mit Frau Schüpbach hatte Sämu Josi geführt; es war in erster Linie darum gegangen, ihr die traurige Nachricht zu überbringen. „Natürlich habe ich auch gefragt, ob sie mit ihrer Tochter regelmässigen Kontakt gehabt habe. Der beschränkte sich offenbar auf ein Telefon hie und da, vielleicht zweimal pro Jahr hat man sich gesehen. Der letzte Kontakt war einige Wochen her, die beiden scheinen sich nicht sehr nahe gestanden zu sein." Josi hatte nicht insistiert, als Frau Schüpbach Elsbeths Vater als verstorben angab, umso mehr als dass er die Informationen, die ihnen heute vorlägen, damals noch nicht gehabt habe.

Jeger kratzte sich mit dem Bleistift hinter dem Ohr: „Es kann ja wohl kein Zufall sein, dass Elsbeth im gleichen Dorf umgebracht wurde, wo sie mutmasslich gezeugt worden ist. Wir werden mit Frau Schüpbach noch mal sprechen müssen. Wo setzen wir sonst noch an?"

Nachdenklich meinte Untersuchungsrichterin Aellen: „Ich frage mich, ob der Tod dieser Schwester einen Zusammenhang mit unserem Fall hat. Wir müssen versuchen, mehr darüber zu erfahren. Dann ist da noch die Sache mit der AC-Holding AG und deren Verwaltungsrat Schäubi. Sind wir da weiter?" Kopfschütteln reihum. Jeger schloss die Sitzung mit der Bemerkung: „Auch dem Trachsel müssen wir noch mal auf den Zahn fühlen. Immerhin ist er ein Bekannter aus Elsbeth Widmers wilder Zeit, dann hat er kein Alibi, handelt vermutlich mit illegalen Produkten – wer weiss, was da alles zum Vorschein kommt, wenn wir tiefer graben."

Frau Schüpbachs Töchter

Jeger nahm Sämu Josi mit zum Besuch bei Frau Schüpbach. Ein bereits bekanntes Gesicht war oft viel wert, und im Gegensatz zu Jeger, der eher der distanzierte Typ war, konnte es Josi gut mit den Leuten. Mit seinem Walrossschnurrbart und den Lachfalten in den Augenwinkeln flösste er den Leuten Vertrauen ein.

Jeger hatte sich Frau Schüpbach aufgrund ihres Lebenslaufes anders vorgestellt, verbrauchter, abgestumpft: Es empfing sie aber eine adrette Erscheinung mit wachen Augen, und Jeger dachte bei sich, sie habe wohl genau das Leben geführt, das sie führen wollte: unabhängig und ein bisschen abenteuerlich. Als sie sich mit einer Tasse Kaffee um den Küchentisch gesetzt hatten, lenkte er das Gespräch zunächst auf den weissen Fleck in Elsbeths Curriculum vitae. Die Antworten waren nicht sehr hilfreich: Frau Schüpbach hatte in dieser Zeit in unregelmässigen Abständen Ansichtskarten von ihrer Tochter erhalten, aus der ganzen Welt und mit nicht viel mehr als „Es geht mir gut, Grüsse". Auch nach ihrer Rückkehr hatte sie nie einen umfassenden Bericht der vergangenen Jahre erhalten, sie hatte wohl auch nicht darauf bestanden. Brockenweise hatte sie von Aufenthalten auf einem französischen Weingut, von einem Trip in Afrika und im Tibet, von Begegnungen mit Aborigines und von Ähnlichem erfahren.

Was die Ermittler mehr interessierte, war Frau Schüpbachs Zeit in Bachwilen und natürlich, wer der Vater von Elsbeth sei. Zunächst erfuhren sie nur Belangloses. Auf die Frage nach der Vaterschaft ernteten sie bei mehreren Anläufen nur ein „ich weiss es nicht". Auch auf die Frage, ob es dieser oder jener gewesen sein könnte – Jeger bediente sich dabei der Liste der ihm bekannten alteingesessen Bachwiler – blieb sie dabei. „Heisst das konkret, dass Sie diesen und jenen nicht ausschliessen können?"

Frau Schüpbach setzte mehrmals zum Sprechen an, bis sie schliesslich zu erzählen begann: „Ich war damals jung und dumm, fühlte mich im Auerhof verlocht und einsam. Der damalige Besitzer, Mosimann, war ein alter, unfreundlicher Mann und zudem ständig krank, so dass er mich oft alleine liess. Das war auch an einem Samstagabend so, als die Bachwiler Schmalspurrocker mit ihren Töffli im Auerhof vorfuhren. Um es kurz zu machen: Sie füllten mich ab, und irgendwann wusste ich nicht mehr genau, was passierte. Jedenfalls lag ich nackt in meinem Bett, als ich anderntags mit schwerem Kopf erwachte. Einige Wochen später wusste ich: Ich war schwanger. Es konnte nur in dieser Nacht geschehen sein, ich hatte mich sonst mit niemandem eingelassen – jedenfalls nicht ohne Vorkehrungen. Als dieselbe Gruppe mit Wortführer Schorsch Schäubi es noch einmal bei mir versuchte, habe ich es ihnen angedeutet: Es werde Folgen haben. Schorsch lachte mich aus. ,Eine solche wie ich' solle das Maul halten, anderorts würde ich für ,so etwas' gesteinigt. Ich glaube, es war den meisten nicht so recht wohl bei der Sache, sie sind jedenfalls kaum mehr im Auerhof aufgetaucht. Immerhin erhielt ich einige Tage später einen Umschlag mit einer Tausendernote und der Adresse eines Arztes in Burgdorf, drunter ein einziges Wort: ‚Verschwinde!', was ich dann auch bald danach tat." Sie sei dann auch zu dem Arzt gefahren. Im Warteraum habe sie das Gefühl gehabt, man sähe ihr an, weshalb sie hier sei, alle würden sie säuerlich missbilligend anschauen. Sie habe es nach einer Viertelstunde nicht mehr ausgehalten und Reissaus genommen, und einige Monate später sei Elsbeth zur Welt gekommen.

Eine Weile lang blieb es still, nur Josis Laptop, auf dem er die Aussage protokollierte, sirrte leise vor sich hin. Die Nachfrage ergab, dass sich Frau Schüpbach an die Namen nur zweier Mitläufer erinnern konnte: Helmut Wismer und Willy Gubler. Nein, sie habe das Elsbeth nie erzählt, sie habe immer abgelenkt und von einem verstorbenen Freund gesprochen. Aber Ruth, Elsbeths Schwester, der ihr näher gestanden hatte, habe sie es berichtet. Sie wisse nicht, ob Elsbeth je davon erfahren habe.

Jeger unterbrach die neuerliche Stille: „Erzählen Sie uns bitte von Ihrer anderen Tochter, Ruth."

Frau Schüpbachs Augen schienen dunkler zu werden, und sie richtete den Blick durch das Fenster auf den trüben Nachmittag. Dann gab sie sich einen Ruck, zündete sich eine Zigarette an, sog den Rauch tief ein, und begann leiser als vorher zu sprechen. „Elsbeth war die Stärkste von uns allen, sie hat sich immer wieder aufgerappelt, wenn sie mal gefallen ist. Ruth war nicht so. Es gab ... Vorfälle mit meinem damaligen Freund, die haben Elsbeth aus dem Haus getrieben, damals in Zürich. Ich spürte nur, dass etwas nicht in Ordnung war, aber Elsbeth verschloss sich mir immer mehr, und ich brachte nichts aus ihr raus. Erst Jahre später, als sich Ruth zu verändern begann, begann ich die Wahrheit zu ahnen. Es gab fürchterliche Szenen mit meinem Freund, und ich trennte mich dann von ihm. Aber für Ruth war es zu spät. Sie kam nicht damit zurecht." Ihre Stimme wurde brüchig, und sie presste einige Sekunden lang die Lippen zusammen, bevor sie in wieder festerem Ton fortfuhr. „Sie schmiss die Lehre hin und war tage-, wochenlang weg. Wenn sie nach Hause kam, war sie entweder verladen oder in einem schrecklichen Zustand. Wie sie sich genau durchschlug, weiss ich nicht. Sie bettelte mich an und bestahl mich auch. Das tat ihr dann leid, und sie hat unter Tränen geschworen, dass es nie wieder vorkomme, aber ... Dann hat Elsbeth sie mit nach Bern genommen, aber auch sie vermochte Ruth nicht zu halten. Ruth hat hin und wieder angerufen, manchmal wirres Zeug geredet, manchmal gab es auch gute, lange Gespräche, sie kam auch alle paar Wochen vorbei, aber ich sah, dass es ihr nicht gut ging, dass sie keinen Weg zurück fand. Sie sagte mir immer wieder: ‚Mammi, weisst du, ich kann so nicht weitermachen, aber ich weiss nicht, wie es anders werden soll.' Dann kam eines Tages ein Telefon von Elsbeth. Sie sagte kurz und brutal: ‚Ruths Beerdigung ist am Donnerstag um 14 Uhr im Liebefeld, wenn du kommen willst.'". Abrupt stand Frau Schüpbach auf und verliess den Raum. Nach einer Weile hörte man die Toilettenspülung, und sie kehrte zu den Fahndern in die Stube zurück und fragte betont munter: „Will noch jemand Kaffee?"

Jeger wechselte einen unsicheren Blick mit Josi und wandte sich dann an Frau Schüpbach: „Ich kann Ihnen diese Fragen nicht ersparen, es tut mir leid. Was wissen Sie über die Umstände, unter denen Ruth ums Leben kam?"

Sie hatte sich gefasst. „Wir hatten in den letzten Tagen keinen Kontakt. Ich weiss nichts darüber."

„Aber hat sie Ihnen nicht erzählt, mit wem sie zu tun hatte, ob sie einen Freund oder eine Freundin hatte?"

„Sie hat mir gesagt, es sei da einer, der wolle mit ihr auf einer einsamen Insel ein neues Leben anfangen, auch ein Drögeler, er hiess Mike. Dann hat sie auch von einem geredet, den sie mit einem Lächeln ‚meinen Pfleger' nannte und der ‚zu ihr schaue'. Ich habe nie herausgefunden, was sie damit genau meinte, sie wollte nicht mehr darüber sagen. Mehr weiss ich nicht."

Dabei blieb es auch auf Jegers weiteres Nachhaken hin. Schliesslich druckte Josi das Protokoll aus. Frau Schüpbach las es flüchtig, es schien ihr wichtig zu sein, dass die beiden Beamten sie so schnell wie möglich alleine liessen.

Des Pflegers Albtraum

Da sass er einige Tage später: Junkie-Mike, vom Drogendezernat bequem gefunden, weil er in einem Methadon-Programm mitmachte und sein Aufenthaltsort deshalb aktenkundig war. Er hatte sich entspannt auf den Stuhl gesetzt und streckte die langen, mageren Beine weit von sich. Er schien gerne zu reden und liess sich nicht lange bitten, von Ruth zu erzählen. „Ich hatte Ruth wirklich gern. Sie war anders als die anderen Mädchen in der Szene, still, schüchtern, träumte stundenlang nur vor sich hin und nahm kaum an den Gesprächen teil. Manchmal träumten wir zusammen davon, auf eine einsame Insel zu ziehen, alles hinter uns zu lassen, ein neues Leben zu beginnen. Aber sie schien nicht keine Energie dafür aufbringen zu können, etwas auch tatsächlich an die Hand zu nehmen. Einmal sagte sie, wenn man keine Vergangenheit haben möchte, dann könne man auch keine Zukunft, kein neues Leben haben wollen."

Jeger warf ein: „Drögelerträume, Drögelerphilosophie, das tönt gar nicht nach Beschaffungsstress. Gab es das denn bei ihr nicht?"

„Ruth war halt nicht wie die anderen. Sie war zierlich gebaut, machte aus einer Dosis zwei, wurde auch von Mutter und Schwester über Wasser gehalten. Im Betteln war sie, wenn es nötig war, einsame Klasse, sie konnte die Leute mit ihren grossen Augen ansehen, dass sie sich kaum an ihr vorbei zu drücken wagten, ohne ihr etwas in die Hand gedrückt zu haben. Dann konnte sie die Leute einige Sekunden lang ans-

trahlen, dass man meinte, es gehe die Sonne auf ...
Dann war da noch dieser Typ, der sie häufig besuchte, eine Art Vaterfigur mit Helfersyndrom. Seinen Namen habe ich nie erfahren, sie hat ihn nur ‚meinen Pfleger' genannt. Ob mehr zwischen ihnen war, weiss ich nicht, aber eigentlich kann ich es mir nicht vorstellen. Oft sassen sie zusammen stumm auf einer Bank in irgendeiner Grünanlage und hielten sich bei den Händen. Einerseits kümmerte er sich um sie und schien sehr an ihr zu hängen, andererseits ermutigte er sie nicht im Geringsten, sich aufzurichten und zu kämpfen. Ruth genoss seine Fürsorge. Aber sie sagte mir einmal: ‚Der will, dass ich genau so bleibe, wie ich bin: ein schwaches, abhängiges kleines Mädchen.' Wenn einmal der Stoff knapp, schlecht oder teuer war, dann beschaffte er ihr das, was Ruth ihren ‚Albtraum' nannte: Rohypnol. Sie hat mir davon das eine oder andere Mal auch etwas abgegeben. Einmal frotzelte ich: ‚Gibst du mir was von deinem Alphirten?' Sie lächelte und antwortete: ‚Nicht Alp, Alb, mit B. Dort ist er Hirte'. Was das genau bedeutete, ist mir nie klar geworden. Dann muss irgendetwas passiert sein: Eines Tages tauchte sie bei der Reitschule auf, mit aufgerissenen, leeren Augen. Sie brachte kaum ein Wort hervor. Geld hatte sie, kaufte sich Stoff und setzte sich am gleichen Tag den goldenen Schuss."

Mike schien wirklich keine Ahnung zu haben, was der Auslöser für diese Tat gewesen war, jedenfalls brachte auch mehrmaliges Nachfragen nichts zu Tage. Schliesslich entliess man ihn, nachdem er seine Unterschrift unter das Protokoll gesetzt hatte.

Jeger fand an diesem Abend keine Ruhe. Er wuselte in seiner Junggesellenwohnung ohne Sinn und Ziel umher, zog da etwas hervor, ordnete dort einen Stoss Zeitschriften, sah sich eine bemüht originelle Late-Night-Show an, immer auf der Suche nach dem, was irgendwo in seinem Unterbewussten leise Alarmtöne von sich gab. Da war doch was, aber was? Schliesslich ging er zu Bett, versuchte noch ein wenig zu lesen, merkte aber immer wieder, dass er nicht mehr wusste, was im letzten Abschnitt gestanden hatte. So löschte er das Licht und versuchte einzuschlafen. Aber immer wieder musste er rote Fäden aufnehmen und daran ziehen, und alle führten zu unlösbaren Knoten. Dieses Tun setzte sich in seinen Träumen fort, und mitten in der Nacht fuhr er aus einem Albtraum auf. Er setzte sich auf und wusste: Jetzt hatte er es. Aber welches Es? Der Albtraum ... das war es! Das hatte er schon mal gesehen oder gehört, bevor Mike davon erzählt hatte! ALB, Alter- und Leichtpflegeheim Bachwilen! Pfleger! Pflegedienstleiter? Felix Stauffer? Kam Ruths Rohypnol von ihm? Jedenfalls könnte es da eine Verbindung geben, denn zu solchen Medikamenten hatte nicht jeder Zugang. Jetzt wusste Jeger, wo er morgen ansetzen würde, und jetzt fand er Schlaf.

Fall gelöst?

Noch hingen die Morgennebel über dem Auereng-raben, als Jeger und Josi beim ALB vorfuhren. Durch die grossen Fenster sahen sie, wie zwei Dutzend älte-re Semester ihre Köpfe drehten, angebissene Konfitü-renbrote in der erhobenen Hand vor halboffenen Zahnprothesen-Galerien, als sich die beiden zum Haupteingang bewegten. Suchend schauten sie sich um und entdeckten dann eine weiss bekittelte Frau hinter einem Servierboy. Sie fragten sie, wo sie den Gemeindepräsidenten und Pflegedienstleiter finden könnten. Dafür ernteten sie ein verständnisloses und genervtes „Was?" Offensichtlich handelte es sich um eine des Deutschen nur eingeschränkt mächtige An-gestellte. Jeger drückte ihr eine Visitenkarte in die Hand und sagte mehrmals deutlich: „Stauffer, bitte." Sie murmelte etwas in einer fremden Sprache, nahm aber das Stückchen Halbkarton entgegen und ver-schwand in hintere Räume, nicht ohne die beiden mit einer vagen Bewegung in Richtung des Speisesaals und dem immerhin deutlichen Wort „Warten" be-dacht zu haben.

Es war gespenstisch, im fahlen Herbstmorgenlicht in einer Ecke des Saales zu sitzen, unter den Augen von 20 schweigend Kauenden, denn alle Gespräche, so es denn normalerweise solche beim Morgenessen gab, waren verstummt. „Da sitzen um die 2000 Jahre zusammen!", flüsterte Josi zu Jeger hinüber. Der lächelte beklommen: „Vielleicht treffen wir uns hier später und unter anderen Voraussetzungen wie-der." Immerhin hatte ihnen jemand mit freundlichem

Lächeln Kaffee gebracht und ein paar Gipfeli, und mehr aus dem Bedürfnis heraus, sich zu beschäftigen, denn aus Hunger und Lust, kauten die Beamten am Gebäck und nahmen hin und wieder einen Schluck.

Dann wurde abgeräumt, und die Insassen des ALB schlurften, nicht ohne einen letzten Blick auf sie zu werfen und ihnen zuzunicken, an Josi und Jeger vorbei zum Ausgang. „Das dauert aber lange!", begehrte schliesslich Jeger auf, und er schaute sich um, ob sich Stauffer oder sonst wer nicht endlich zeigen würde. Mit forschem Schritt trat in diesem Moment eine stämmige Frau ein, liess die Augen forschend durch den Saal schweifen, ob alles seinen gewohnten und ordentlichen Gang nehme, und mit offensichtlicher Irritation blieb ihr Blick schliesslich an den zwei Fremden hängen. Bevor sie etwas sagen konnte, sprach Jeger sie an und erklärte, auf wen sie hier warteten.

„Herr Stauffer hat vor einer Viertelstunde das Haus verlassen. Mein Name ist Beutler, ich bin die Heimleiterin. Kann ich Ihnen helfen?"

„Eigentlich nicht, wir müssten mit Herrn Stauffer sprechen. Wissen Sie, wohin er gegangen ist und wann man ihn zurückerwarten kann?"

Sie habe nicht geringste Ahnung, wurde ihnen beschieden, aber sie wolle dem mal nachgehen, sie sollten noch einen Moment Geduld haben.

Nach ein paar Minuten kam Frau Beutler zurück. Sie habe auf dem Pult in seinem Büro nur das gefunden – dabei streckte sie Jeger sein eigenes Visitenkärtchen entgegen -, mehr wisse sie zurzeit nicht, er habe niemandem gesagt, wohin er gehe und wie lange er fort bleibe. Ob es denn normal sei, dass Stauffer um diese Zeit und unter solchen Umständen das Haus verlasse, wollte Jeger wissen.

„Nein, der müsste jetzt eigentlich hier sein. Natürlich kann es schon vorkommen, dass er auch mal während des Tages ausser Haus ist, schliesslich ist er Gemeindepräsident, aber er informiert mich immer kurz darüber. Ich habe mich schon gewundert, als ich ihn vorhin wegfahren sah."

Jeger nagte einen Moment nachdenklich an seiner Unterlippe. „Behalten Sie meine Visitenkarte und rufen Sie mich bitte an, wenn er auftaucht. War das sein Privatwagen, mit dem er weggefahren ist?" Käthi Beutler bejahte, und die beiden verabschiedeten sich. Unter der Türe wendete sich Jeger noch einmal um: „Sagen Sie mal, haben vor einiger Zeit — sagen wir vor vier Jahren — Medikamente gefehlt, starke Schlafmittel?"

Vorsichtig antwortete Frau Beutler: „Nun, hin und wieder stimmt die Medi-Buchhaltung nicht ganz, aber das sind wohl eher Versehen als Diebstähle."

„Hat Herr Stauffer Zugang zu solchen Medikamenten?"

„Ja natürlich, wo denken Sie denn hin, schliesslich ist er der Leiter der Pflegeabteilung!"

Nach kurzem Zögern verabschiedete sich der Polizist noch einmal. Noch unterwegs zum Auto griff er zum Handy, liess sich Stauffers Privatnummer heraussuchen und telefonierte dorthin.

Eine leidende Frauenstimme meldete sich. Auf die Frage nach „Herrn Stauffer" sagte sie: „Der ist jetzt auf der Arbeit, im Heim."

„Ach so, entschuldigen Sie, vielen Dank, auf Wiederhören."

Darauf Josi, der mitgehört hatte, kurz: „Fahndung?" und Jeger: „Fahndung, aber diskret, ohne Martinshorn und Verfolgungsjagd."

Jeger und Josi waren noch nicht lange zurück in Bern, als der Fahndung schon Erfolg beschieden war: Der Streife, die einmal im Tag die Schleife von Markingen über Grüben, Nettikofen und Bachwilen oder umgekehrt abfuhr, war ein Wagen aufgefallen, der bei Nettikofen in der Einmündung eines Waldwegs stand. Die Streifenpolizisten fanden darin einen leblosen Mann und auf dem Beifahrersitz ein paar leere Tablettenpackungen. Der Notarzt stellte den Tod fest und notierte, nachdem er sich die Medikamentenschachteln angeschaut hatte, auf seinem Bericht: „Vermutlich Überdosis von Barbituraten". Die Spurensicherung fuhr vor und untersuchte akribisch die Umgebung und das Innere des Wagens. Auch Jeger war noch einmal von Bern losgefahren. Zwar konnte er nur hilflos herumstehen, aber er erfuhr aus erster Hand und als Erster den vorläufigen Bericht: Nichts deutete auf Fremdeinwirkung hin – mit grosser Wahrscheinlichkeit lag ein Suizid vor.

„Ja, was denn nun?" Herausfordernd und betont fröhlich schaute Untersuchungsrichterin Barbara Aellen in die Runde des „Büros", das am darauffolgenden Nachmittag zusammensass, um die neuesten Entwicklungen zu besprechen. Nur gerade Eveline Jutzi würdigte sie eines scheuen Lächelns, Jeger hingegen spielte bedrückt mit seinem Bleistift, und Josis Schnurrbart hing lustlos in einem missmutigen Gesicht.

„Der Drögelerkollege von Ruth – wie hiess er schon wieder? –„, Frau Aellen blätterte in ihren Unterlagen, liess es dann sein, „egal, jedenfalls hat er heute Morgen Felix Stauffer als denjenigen identifiziert, der Ruth mit Geld und Drogen unterstützt hat, oder?"

Jeger bestätigte, stumm nickend.

„Also", fuhr Aellen fort, „damit ist der Fall doch sozusagen gelöst, meint ihr nicht?" Wenig Reaktion in der Runde, nur eine leicht hochgezogene Augenbraue bei Josi. Ungeduldig setzte sie nach: „Ich stelle mir das ungefähr so vor: Elsbeth Widmer hat irgendwie erfahren, dass Stauffer in Verbindung stand mit ihrer Schwester; sie hat, ob zutreffend oder nicht, ihn für Ruths Tod verantwortlich gemacht und wollte an diesem Abend in der Gemeinderatssitzung die Katze aus dem Sack lassen. Stauffer hat Wind davon bekommen und in Panik diesen Unfall in Szene gesetzt. Als ihr zwei ihn gestern sprechen wolltet, hat er endgültig die Nerven verloren, ist geflohen und hat schliesslich nur noch diesen Ausweg gesehen. Da müssen wir jetzt doch nur noch ein paar lose Fäden verknüpfen."

Fast gleichzeitig lehnten sich Jeger und Josi aus ihrer gekrümmten Haltung zurück und verschränkten die Arme. Jeger hob stockend an: „Ja, so könnte es gewesen sein. Andererseits ... Zunächst: Soviel wir von Stauffer wissen, ist er nicht der Typ, dem man die Tatkraft, die kriminelle Energie, den Einfallsreichtum, den es für diesen Mord brauchte, so ohne weiteres zutraut. Selbstmord ja, aber ... Dann: Woher soll Frau Widmer gerade jetzt, plötzlich, Jahre nach Ruths Tod, erfahren, dass Stauffer etwas damit zu tun gehabt hat? Und dann soll Stauffer auch noch mitbekommen haben, gerade noch zur rechten Zeit, dass sie das jetzt weiss ... Dann wissen wir gar nicht, was denn damals dazu geführt hat, dass sich Ruth den goldenen Schuss gesetzt hat. Nach allem, was wir wissen, war Stauffer für Ruth doch eher eine Art Wohltäter – kein Grund für Frau Widmer, ihn deswegen jetzt plötzlich öffentlich anschwärzen zu wollen. Weiter: Was ist mit dieser AC-Holding-Geschichte mit Schäubi? Hat die Tatsache, dass Elsbeth Widmer offenbar davon wusste, denn wirklich gar nichts zu bedeuten für unseren Fall? Also nach meinem Gefühl sind das mehr als nur ein paar lose Enden."

Schweigen in der Runde. Schliesslich Barbara Aellen: „Dann halt. Wir müssen ja sowieso jetzt das Umfeld von Felix Stauffer ein bisschen ausleuchten. Vielleicht klärt sich einiges auf, bestätigen deine Bedenken oder zerstreuen sie. Warten wir's mal ab."

Josi fügte hinzu: „Frau Widmers Freund müsste man auch danach fragen, was er von Ruths Leben und Sterben weiss, darüber haben wir mit ihm noch nicht gesprochen. Überhaupt müssen wir mal alles zusammentragen, was über die Umstände von Ruths Tod zu erfahren ist."

„Und was machen wir mit Schäubi?", fragte Jeger in die Runde.

Eveline Jutzi dazu: „Ich denke, wir sollten den Bericht unserer Fachleute zur AC-Holding abwarten."

Ringsum Zustimmung, es schien zum jetzigen Zeit-punkt niemand grosse Lust zu verspüren, sich mit dem Dorfkönig einzulassen.

„Irgendwann müssen wir ihm dann schon ein paar Fragen stellen, und sei es nur diejenige, ob er wisse, dass er möglicherweise Elsbeth Widmers leiblicher Vater sei", meinte Jeger zum Abschluss.

Die Untersuchungsrichterin hatte ihre forsche Fröhlichkeit wieder gefunden: „Also, packen wir's an!"

Bäuerliches Bodenrecht

„Ich denke, es ist zielführend, wenn ich Ihnen das Bäuerliche Bodenrecht im Gespräch näher bringe und die Konklusionen, die sich aus unserer vorläufigen Situationsanalyse ergeben haben, persönlich darlege." Mit diesen gewählten Worten hatte sich Dr. Steinmann von der Staatsanwaltschaft für Wirtschaftsdelikte telefonisch angekündigt.

„Das ist halt ein ganz eigenes Völklein", hatte die Untersuchungsrichterin gesagt, „er soll uns Banausen das mal näher bringen und darlegen."

Nun sass das „Büro" zusammen, und Steinmann begann damit, dass er die Grundzüge des bäuerlichen Bodenrechts umriss. „Der Zweck der gesetzlichen Bestimmungen ist es, Landwirtschaftsflächen zusammenzuhalten und vorrangig Bewirtschaftern zur Verfügung zu halten." So gebe es z.B. ein Zerstückelungsverbot, ein Veräusserungsverbot, ein Kaufrecht für Selbstbewirtschafter und ein Vorkaufsrecht für Pächter. Ein Aussenstehender könne nur unter ganz bestimmten Voraussetzungen in den Besitz von landwirtschaftlichem Boden kommen. Eine der Ausnahmen sei, dass gemäss Art. 60, Abs. g, des Bundesgesetzes über das bäuerliche Bodenrecht Verkäufe möglich seien, wenn „die finanzielle Existenz der bäuerlichen Familie stark gefährdet ist und durch die Veräusserung von Grundstücken oder Grundstücksteilen eine drohende Zwangsverwertung abgewendet werden" könne. In solchen Fällen müsse eine Veröffentlichung der Verkaufsabsicht erfolgen, und wiederum hätten Selbstbewirtschafter ein Vorkaufsrecht. Erst wenn niemand anderes Interesse anmelde, werde die Bewilligung zur Veräusserung an einen Aussenstehenden erteilt.

In Bachwilen sei es in den letzten Jahren zu einer erstaunlich grossen Anzahl solcher Verkäufe gekommen. Georg Schäubi habe offenbar Bauern grosszügig private Darlehen gewährt, nach einiger Zeit aber die Schraube angezogen und aufgrund des Kleingedruckten in den Verträgen auf unverzügliche Rückzahlung gedrängt. Dadurch waren existentielle Nöte entstanden, die zum Verkauf von landwirtschaftlichem Boden geführt hätten.

„Es ist von ins Auge stechender Evidenz", - was für eine Ausdrucksweise, grinste Barbara Aellen in sich hinein – „dass nicht alles korrekt im Sinne des Gesetzes abgelaufen ist. Eine Rolle spielen dabei auch vom Gemeindepräsidenten des Namens …" – hier blätterte Steinmann kurz in den Akten – „Felix Stauffer unterzeichnete Dokumente über die Ausschreibung und die Tatsache, dass sich darauf keine Interessenten gemeldet hätten, was – vorsichtig ausgedrückt – schwer vorstellbar ist. Details finden Sie im Bericht."

„Kann man also als evident annehmen," schloss sich Untersuchungsrichterin Aellen der Formulierung Steinmanns an, „dass die Mithilfe des Gemeindepräsidenten Voraussetzung für diese Transaktionen war?"

„Zumindest ist es äusserst wahrscheinlich", weiter wollte sich Steinmann nicht festlegen. „Lesen Sie den Bericht und ziehen Sie Ihre Konklusionen selber. Weitere Frage?" Wenig einladend blickte er mit hochgezogenen Augenbrauen in die Runde, und als keine Reaktion erfolgte, verabschiedete er sich mit einem knappen Kopfnicken.

Ein Beamter nahm ihm dabei die Klinke aus der Hand, streckte den Kopf ins Sitzungszimmer und fragte: „Ein Herr Graf ist da und möchte gerne jemanden sprechen im Bachwiler Fall."

„Graf?" sah Aellen fragend in die Runde. „Sagt einem der Name etwas?"

„Der Gemeindeschreiber von Bachwilen heisst Graf", meldete sich Jeger.

Man einigte sich, ihn im Plenum anzuhören, wenn man schon so gemütlich beisammen sitze, und liess bitten. Herr Graf trat ein, setzte sich und nahm den angebotenen Kaffee aus der Kanne, die auf dem Tisch stand, dankend an. Aellen informierte ihn darüber, dass sie soeben eine Teamsitzung gehabt hätten und gerne gemeinsam zuhören würden, was er zu sagen habe.

„Ich habe keine Ahnung, ob das für Sie überhaupt von Interesse ist," hob Graf an. „Ich habe immer gedacht, jemand von Ihnen würde mich mal befragen, aber dem war nicht so, und es hat mich mehr und mehr beschäftigt, ob das, was ich Ihnen erzählen möchte, nicht eventuell wichtig ist. Schliesslich handelt es sich um etwas, was sich am Todestag von Elsbeth Widmer ereignet hat." Auf aufmunterndes Nicken reihum beugte er sich vor: „Am frühen Nachmittag rief mich Frau Widmer an. Sie sei bei ihrer Arbeit auf Akten von Bachwiler Sozialfällen gestossen. Es handle sich um zwei verarmte Bauern, die, nachdem sie Stück für Stück ihr Heimetli verkauft hatten, schliesslich bei der Sozialhilfe gelandet seien. Dabei sei ihr aufgefallen, dass beide Male Darlehensverträge mit Herrn Schäubi und dann später bei den Landverkäufen eine Agrarculto im Spiele gewesen waren. Zudem sei ersichtlich, dass Gemeindepräsident Stauffer in die Abwicklung involviert gewesen sei. Ob ich ihr das erklären könne, es sei doch eigentlich vom Gesetz her nicht mehr so einfach wie zu Gotthelfs Zeiten, einen Bauern in den Ruin zu treiben." Hier machte Graf eine Pause und suchte nach passenden Worten. „Ich muss dazu sagen, dass mir bei diesen und ähnlichen Fälle durchaus aufgefallen war, dass da – sagen wir mal vorsichtig – einiges im rechtlichen Graubereich lag. Aber es ist nun mal so, dass es sich nicht auszahlt, sich einem Schäubi in den Weg zu stellen, wenn man in Bachwilen lebt und arbeitet. Aber stolz darauf, dass ich – wie soll ich sagen – nicht so genau hingeschaut habe, bin ich schon nicht. Deshalb wollte ich mich Frau Widmer gegenüber nicht auf die Äste hinaus lassen. Ich sagte ihr nur, es stimme schon, dass Schäubi den Bauern Darlehen gewährt habe, sich daraus Zwangsverkäufe ergeben hätten und der Gemeindepräsident dafür gesorgt hatte, dass alles reibungslos über die Bühne gegangen sei. Im Detail sei ich aber nicht im Bild. Wenn sie mehr darüber wissen wolle, müsse sie schon Schäubi selber oder Stauffer fragen. Zunächst wollte sie sich damit nicht zufrieden geben, aber ich weigerte mich, mehr darüber zu sagen, und so beendeten wir das Gespräch."

Man hatte aufmerksam und mit steigender Spannung zugehört. Nun blieb es einen Augenblick still, darauf kamen einige Fragen, um den einen oder anderen Punkt präzisiert zu erhalten. Aber im Wesentlichen war's das, und Mitarbeiterin Jutzi verliess mit Graf den Raum, um das Gesagte zu Protokoll zu nehmen.

„Jetzt kommt aber Schwung in die Sache!", wandte sich Jeger an das Team. „Jetzt müssen wir an der Arbeitsstelle von Frau Widmer noch einmal nachhaken und schauen, was wir darüber erfahren, was sie an diesem Nachmittag gemacht hat. Dann verlangen wir die Telefonverbindungsdaten vom Sozialdienst, um herauszufinden, ob Frau Widmer mit einem der beiden Involvierten Kontakt hatte. Am besten fordern wir auch gleich die entsprechenden Informationen von den Anschlüssen von Schäubi und Stauffer bzw. den entsprechenden Geschäftsnummern an."

Die Aufgaben wurden verteilt. Josi fasste den Job, in der Szene mehr über Ruths Tod zu erfahren, und Jeger selber wollte zum gleichen Thema den Lebenspartner der Toten befragen, beim Sozialdienst Markingen vorbeigehen und den lange hinausgeschobenen Besuch bei der Wittwe Stauffer endlich auf sich nehmen. Der Innendienst würde sich um die Telefondaten kümmern.

Im Séparée

Die Zeiten, als man alle Drögeler an einem Ort angetroffen hatte, waren vorbei, und Josi hatte sich den ganzen Tag um die Ohren geschlagen mit Besuchen der weniger offensichtlichen Treffpunkte, bei der Reitschule, vor dem Fixerstübli, auf der Bundesterrasse, im Bahnhof. Es war alles andere als ergiebig gewesen. Zwar hatte der eine oder andere Ruth vom Sehen gekannt, aber auf die Frage nach den näheren Umständen ihres Todes hatte niemand etwas Nutzbringendes zu sagen gehabt. Nun sass Josi frustriert und müde in der ZigZag-Bar vor einem Espresso, Ruths Bild vor sich auf der Theke. Der Barmann hatte im Vorbeigehen einen Blick auf das Bild geworfen, hatte die Stirne gerunzelt, hatte andere bedient und war nun zurückgekommen. „Das Gesicht kommt mir irgendwie bekannt vor. Wer soll das sein?"

Josi drehte das Foto besser ins Licht und fragte: „Sagt es dir irgendetwas?"

„Da war doch mal was … vor einigen Jahren … Kannst du mir nicht ein bisschen auf die Sprünge helfen?"

„Sie hiess Ruth, ein Drogenmädchen, aber, soweit wir wissen, keine Prostituierte. Setzte sich eines Tages den goldenen Schuss."

„Nichts weiter?"

„Sie war hin und wieder mit einem nicht mehr ganz jungen Mann zusammen, hager, Bünzli-Typ."

Auf den Wink eines Gastes entfernte sich der Barkeeper wieder. Josi beobachtete, wie er, während dem er einen Drink mixte, die Augenbrauen zusammenzog und nachdachte. Nun wandte er sich wieder Josi zu. „Ich glaube, ich weiss, warum mir das Gesicht bekannt vorkommt. Da gab's vor einigen Jahren einen Vorfall. So ein Typ, wie du ihn mir beschrieben hast, ist mit ihr hier gewesen. Da war noch ein anderer dabei, ein Schwerer, Stämmiger, von der jovialen Sorte. Und eben das Mädchen. Der Dicke hat das Mädchen ins Séparée geschleppt, der Dünne ist hier an der Theke gesessen und hat sich in so kurzer Zeit besoffen, wie ich es noch selten gesehen habe. Als sein Kollege zurückgekommen ist, hat er die halbe Theke vollgekotzt. Der Dicke hat maliziös gegrinst, hat ein paar Noten rüberwachsen lassen, dann den anderen unter den Arm geklemmt und das Lokal verlassen. Das Mädchen war im Séparée sitzen geblieben wie … ich weiss auch nicht, wie ich das beschreiben soll … wie eine weggeworfene kaputte Puppe. Wir trugen sie dann fast hinaus, sie schien kaum mehr den Willen aufzubringen, einen Fuss vor den anderen zu setzen. Dieses Bild von ihr – weisst du, mit ihren grossen Augen wie ein in die Enge getriebenes Reh, das den Kampf ums Leben aufgegeben hat …" Er wurde ein bisschen verlegen: "Unsereins ist ja auch nicht aus Holz. Man erlebt ja einiges in meinem Job, aber dieses Bild ist mir damals lange nicht aus dem Kopf gegangen".

„Könntest du die beiden Begleiter identifizieren?"

„Vergiss es, diese Art von Kundschaft haben wir im Multipack, da kann ich den einen nicht vom anderen unterscheiden!"

Am Vormittag hatte Jeger dem Sozialdienst Markingen einen Besuch abgestattet. Viel Neues war nicht zu erfahren gewesen. Immerhin: An ihrem Todestag hatte Elsbeth Widmer offenbar Akten archiviert; sie war mit einem Stoss von Dokumenten in den Keller gestiegen und hatte dort längere Zeit verbracht. Was sie danach noch gemacht hatte, konnte niemand mit Bestimmtheit sagen, nur dass sie den Rest ihrer Arbeitszeit mehrheitlich in ihrem Büro verbracht hatte.

Nun befand sich Jeger auf dem Weg ins Bedli. Er hatte sich bei Stefan Trachsel angemeldet; seiner Bitte um ein kurzes Gespräch wurde widerwillig stattgegeben. Als Jeger sein Auto parkiert hatte, wies ihm der schrille Gesang einer Fräse den Weg ins Badehaus, das Stiefi in eine Holzwerkstatt umgebaut hatte. Eine Weile blieb Jeger in der Türe stehen. Es gelang ihm nicht, Trachsel auf seine Gegenwart aufmerksam zu machen, und er musste einige Minuten warten, bis die Fräse abgestellt wurde. Als Jeger den Schreiner dann ansprach, schrak der zusammen, aber schnell machte der erschrockene Ausdruck einer missmutigen Miene Platz. Wie schon bei ihrem ersten Gespräch setzten sie sich vor das Haus an das runde alte Metalltischchen.

„Wir sind da auf etwas gestossen, das möglicherweise einen Zusammenhang mit dem … Unfall Ihrer Lebensgefährtin hat. Es handelt sich um ihre Schwester, Ruth. Was wissen Sie über sie?", eröffnete Jeger das Gespräch.

„Wenig, ich habe sie nie kennen gelernt. Eigentlich weiss ich nicht mehr, als dass sie in der Berner

62

Drogenszene verkehrt hat und an einer Überdosis gestorben ist. Im Grunde sind wir wegen ihr nach Bachwilen gezogen."

„Wieso denn das?", fragte Jeger verwundert.

„Elsbeth hat mir mal erzählt, sie habe bei Ruth auf einem Medi-Fläschchen eine Etikette des Alters- und Leichtpflegheims Bachwilen gesehen. Sie habe ihre Schwester darauf angesprochen, diese hätte sich aber nur sehr vage dazu äussern wollen. Sie solle sich nicht einmischen, das Schicksal sei ihr einen Vater schuldig geblieben, und jetzt habe sie wenigstens etwas Ähnliches. Als wir auf der Suche nach einer Bleibe für uns und eine Arbeitsstelle für Elsbeth waren und sie auf die Stelle in Markingen aufmerksam gemacht wurde, hat sie gesagt, dass sei vielleicht ein Wink, eine Gelegenheit herauszufinden, was es damit auf sich gehabt habe. Damals war Ruth schon seit einem Jahr tot."

„Und hat sie irgendetwas herausgefunden?"

„Ich glaube, sie hat nicht, oder vielleicht noch nicht, damit angefangen, sich wirklich damit zu beschäftigen. Wir hatten viel damit zu tun, uns hier einzurichten, dann legte sie den Garten an, bald kam das Amt im Gemeinderat dazu. Ich erinnere mich nur, wie sie auf einem Spaziergang vor dem ALB stehen geblieben ist, an die Balkone hinaufgeschaut und gesagt hat, sie möchte schon gerne wissen, welchen Zusammenhang das ALB mit dem Tod ihrer Schwester habe, sie wisse einfach noch nicht, wie sie es anstellen soll, mehr darüber zu erfahren. Jetzt ist die Verbindung ja klar", fügte Stefan noch bei.

Jeger hakte nach: „Wie meinen Sie das?"

„Na ja, nach Stauffers Selbstmord bestehen ja keine Zweifel mehr. Offensichtlich war er die Vaterfigur, er hat im Heim Betäubungsmittel abgezweigt, irgendwer hat das entdeckt, und er hat ... sich aus dem Staub gemacht. Deshalb ist mir auch nicht klar, was Sie eigentlich noch wollen, der Fall ist doch jetzt abgeschlossen, oder?"

Jeger blieb eine Weile stumm. „Denken Sie denn, dass die Beziehung von Stauffer und Ruth, die nun schon so lange zurückliegt, einem Menschen wie Stauffer Motiv genug ist für einen Mord?" fragte er schliesslich.

Nach längerem Zögern antwortete Trachsel. „Was weiss ich, wie soll ich das beurteilen können? Dafür kenne ich Stauffer nicht gut genug. Ich habe ihn nur an zwei Gemeindeversammlungen erlebt. Er hat mir einen sehr korrekten Eindruck gemacht. Ich kann mir schon vorstellen, dass die Aussicht auf Entdeckung seiner Beziehung zu einem Drogenmädchen und der Veruntreuung von Medikamenten ihn in Panik versetzt hat. Seinen Job wäre er jedenfalls losgewesen, er hätte sich im Dorf nicht mehr zeigen können. Stellen Sie sich doch vor: der Gemeindepräsident!"

Jeger liess es dabei bewenden; er verabschiedete sich und machte sich auf den schwierigsten Gang seines Arbeitstages: den Besuch bei Frau Stauffer.

In einer Reihe Chalets, ursprünglich eins wie das andere gebaut, in den letzten Jahren von den jeweiligen Besitzern mit Veranden, Wintergärten, Dachfenstern und sonstigen Anbauten den eigenen Bedürfnissen angepasst, stand Stauffers Haus. Jeger schritt über den Kiesweg zwischen gepflegten Rabatten, bestückt mit Gartenzwergen von der nicht ganz billigen Sorte, und klingelte. Nach kurzer Zeit wurde die Haustüre eine Handbreit geöffnet, und aus dem Halbdunkel ertönte eine weibliche Stimme: „Frau Stauffer gibt keine Interviews! Lassen Sie uns in Ruhe!" Schon wurde die Türe wieder geschlossen, eilig meldet Jeger, welchem Berufsstand er angehörte. Nur wenig mehr wurde ihm geöffnet, und eine Dame mittleren Alters verlangte einen Ausweis. Als ihrem Anliegen Genüge getan worden war, hiess sie ihn mit wenig Begeisterung einzutreten.

„Mathilde macht eine schwere Zeit durch. Ich bin ihre Schwester und unterstütze sie, so gut es geht. Ist es wirklich notwendig, dass Sie sie behelligen?"

Jeger versprach, sich auf das Notwendigste zu beschränken, aber es dulde keinen Aufschub. Er wurde in ein Zimmer begleitet, das wohl „der Salon" genannt wurde und das mit Nippsachen beladenen Vitrinen, einem schönen, ovalen Tisch, selbstverständlich mit gehäkelter Decke drauf, und dazu passenden Stühlen ausgestattet war. Sie würde nun Mathilde holen, sie ruhe; ob sie ihm Tee anbieten könne. Er lehnte dankend ab.

Nach einigen Minuten betrat Frau Stauffer den Raum. Sie war der Typ Frau, der sich niemals einem Fremden zeigen würde, ohne sich vorher zurechtgemacht zu haben: eine sorgfältig gelegte Frisur, nicht zu knapp besprayt, damit sie sich präzis in der ihr bestimmten Form hielt; diskretes Make-up auf dem etwas dürren Gesicht, gezupfte Augenbrauen über kleinen, kühlen Augen; ihr schlanker Körper – wenn sie grösser gewesen wäre, hätte man ihn hager genannt – steckte in einem dunklen, fast schwarzen Deux-pièce über einer blütenweissen Bluse; sie trug schlichte schwarze Schuhe mit halbhohen Absätzen. So oder nur geringfügig davon abweichend zeigte sich Frau Stauffer der Aussenwelt.

Jeger gab ihr die Hand und sprach ihr sein Beileid aus.

„Es ist so, wie es ist. Schicksalsschläge hat man zu tragen", sagte sie leise, aber sorgfältig artikuliert. Jeger fragte sich, ob das nun tapfer oder vom Ganzen weitgehend unberührt töne, befand aber, dass ihn dass nichts angehe und wenig interessiere. „Wir kommen nicht darum herum, einige offene Fragen zu klären. Es tut mir leid, Sie damit konfrontieren zu müssen."

Sie setzten sich. Frau Stauffer sah ihm direkt ins Gesicht: „Ich begreife nicht ganz, welchen Sinn das noch hat. Das ganze Dorf geht davon aus, dass mein Mann Frau Widmer umgebracht und, als er ins Visier der Ermittlungen geraten ist, Hand an sich selbst gelegt hat."

Mathildes Schwester brachte nun doch Tee und einen Teller mit Gebäck hinein; als sie merkte, dass in ihrer Anwesenheit das Gespräch nicht weitergeführt werden würde, zog sie sich widerstrebend zurück.

„Haben Sie denn an Frau Widmers Todestag an Ihrem Mann etwas Aussergewöhnliches beobachtet?"

„Nun, er kam früher aus dem Heim zum Abendessen zurück. Er war wortkarg, abwesend und nervös, aber vielleicht kommt mir das erst im Nachhinein so vor. Das entsprach in etwa dem, was bei ihm üblich war, vor Gemeinderatssitzungen sowieso. Ich weiss noch, dass mir aufgefallen ist, dass er ständig auf die Uhr geschaut hat. Aber ich schrieb auch dies der be-vor-stehenden Sitzung zu. Er ass sehr wenig und stand ziemlich bald vom Tisch auf. Er murmelte, er habe noch etwas zu tun, und wenige Minuten später streckte er den Kopf ins Esszimmer, sagte, er gehe jetzt, und verliess das Haus." Sie machte eine Pause und starrte ins Leere. „Natürlich habe ich mich nach seinem Tod gefragt, ob ich etwas hätte merken kön-nen oder müssen, aber es entspricht unserer Ge-wohnheit, einander nicht mit den eigenen Problemen zu belasten, einander in Ruhe zu lassen, könnte man auch sagen. Sie wissen ja, wie das ist. Jahrelang spricht man fast ausschliesslich über die Kinder, und wenn sie dann das Haus endgültig verlassen haben, ist einem der Gesprächsstoff und manch anderes irgendwie abhanden gekommen. So ist das halt."

Nein, Junggeselle Jeger wusste nicht, wie das ist, aber darüber zerbrach er sich jetzt nicht den Kopf. Es blieb ihm nun nichts anderes übrig, als das heikle Thema Ruth anzusprechen. Er war vor dem Besuch von Frau Stauffer einen Moment im Auto sitzen ge-blieben und hatte Formulierungen erwogen. Mit kei-ner war er glücklich gewesen, und seufzend hatte er sich darauf verlassen, dass er den Faden schon ir-gendwie werde aufnehmen können. Jetzt war es so-weit, und er wusste immer noch nicht, wie er anfan-gen sollte.

Schliesslich entschied er sich mangels besseren Ideen zur Frontalvariante: „Wir nehmen an, dass Ihr Mann vor einigen Jahren eine Art väterliche Beziehung zu einem in Bern wohnhaften Mädchen gehabt hat. Wissen Sie etwas darüber?"

Wieder verlor sich der Blick von Frau Stauffer im Leeren. „Wissen Sie, ich bin nun schon seit vielen Jahren leidend, und es war mir recht, nicht mit den Bedürfnissen eines Mannes behelligt zu werden", sagte sie langsam. „Es gab eine Zeit, in der Felix" – das erste Mal, dass sie ihn beim Vornamen nannte – „mindestens einmal pro Woche abends wegblieb. Zuerst bemühte er sich um einigermassen plausibel tönende Ausreden, aber bald sparte er sich diesen Aufwand und sagte einfach, er sei dann noch unterwegs. Ich habe ihn nie gefragt, was er wo eigentlich treibt, ich habe mir schon gedacht, dass er ... Etablissements aufsucht. Ich will jetzt auch nichts mehr darüber erfahren. Vor einigen Jahren – ich erinnere mich, dass er richtig niedergeschlagen war, ohne dass ich einen konkreten Grund dafür hätte erkennen können – hörte das dann von einem Tag auf den anderen auf. Wir haben nie darüber gesprochen."

Brachte es was, weiter zu bohren? Jeger entschied sich dagegen und fragte statt dessen, was sie über seine Arbeit als Gemeindepräsident von ihm so erfahren habe und wie seine Beziehung zu seinen Ratskollegen gewesen sei. Er habe nie viel darüber erzählt, beschied ihm Frau Stauffer; er habe sein Amt bestimmt gewissenhaft ausgefüllt und sich immer, manchmal stundenlang, auf die Sitzungen vorbereitet. Über sein Verhältnis zu den Kollegen wisse sie nichts; natürlich seien auch in seiner Freizeit viele Anrufe gekommen, insbesondere von Herrn Schäubi. Mehr könne sie dazu nicht sagen.

Damit liess es Jeger gut sein. Er hatte sich keine grossen Hoffnungen auf klärende Aussagen gemacht, aber ihm schien doch, dass sich ein Muster verdichtete. Er wünschte Frau Stauffer alles Gute; sie sagte, sie werde schon „durchkommen", sie werde das Haus verkaufen und irgendwo eine kleine Wohnung beziehen, in Bachwilen möge sie nicht bleiben.

Die Vernehmung

Gleich zu Beginn der Teamsitzung orientierte Eveline Jutzi über die Erkenntnisse, die sich aus der Analyse der Telefonverbindungsdaten ergeben hatten: Es gab einen fast 30 Minuten dauernden Anruf vom Sozialdienst ins ALB und unmittelbar darauf einen Anruf vom ALB auf die Geschäftsnummer von Georg Schäubi. Etwas später war vom privaten Anschluss Schäubis aus das ALB wieder angerufen worden. Jeger zog an der Pin-Wand Verbindungslinien und nummerierte sie chronologisch.

Dann berichtete Josi von dem, was er in der Zig-Zag-Bar erfahren hatte. Jeger klebte einen mit „schwerer Mann" beschrifteten Zettel neben denjenigen, auf dem „Georg Schäubi" stand, zog eine Linie dazwischen und zum Zettel „Ruth" und schrieb ein Fragezeichen dazu. Danach fasste Jeger zusammen, was er im Sozialdienst, bei Stefan Trachsel und Mathilde Stauffer erfahren hatte. Für jeden zeichnete sich nun klar ein Bild ab. Welches die nächsten Schritte zu sein hatten, darüber konnte man sich dennoch lange nicht einigen. Die Ansicht herrschte vor, man müsse zunächst weiteres Material besorgen, das eine Verbindung zwischen Ruths Tod und Schäubi nachwies, aber woher man da mehr Informationen bekommen könnte, dazu hatte niemand eine konkrete Idee. So blieb nur eines übrig: eine Vernehmung von Schäubi. Gemeinsam umschrieb man die Punkte, die dabei geklärt werden sollten. Jeger und Josi sollten die Vernehmung führen, Barbara Aellen sollte draussen mithören.

Auf die schriftliche Vorladung hin hatte Schäubi telefoniert und sich beschwert, er habe zu viel zu tun, jetzt erst recht, wo er als Vizepräsident die Führung der Gemeinde habe übernehmen müssen und wo die Budget-Gemeindeversammlung bevorstehe. Wozu das denn nötig sei, er könne das beim besten Willen nicht erkennen, es sei doch durch „die Macht der Fakten alles klar geworden". Jeger war am Telefon höflich, aber trocken geblieben, es sei leider unumgänglich.

Jeger blieb am Abend vor dem Vernehmungstermin lange im Dezernat. Er wollte die Ereignisse in chronologischer Reihenfolge noch einmal durchgehen. Bereits im Mantel schaute Eveline Jutzi in seinem Büro vorbei, um sich zu verabschieden. Als sie ihn über die Akte gebeugt im Lichtkreis der Schreibtischlampe sitzen sah, fragte sie ihn, ob sie ihm helfen könne, sie kenne die Akte besser als alle anderen, da sie sie im Wesentlichen betreut habe. Jeger schaute auf und sagte, er wolle sie noch einmal durcharbeiten im Hinblick auf das morgige Verhör. Wenn niemand auf sie warte, sei er froh, wenn sie ihre Aktenkenntnis einbringe. Sie zog den Mantel aus und legte ihn über die Lehne des Stuhls, auf dem sie Platz nahm, und zog die Ordner zu sich. Jeger folgte seinen Notizen, und Jutzi suchte daraufhin die entsprechenden Dossiereintragungen hervor und verlas sie. So vergingen zwei, drei Stunden im Flug. Jeger war danach nicht so recht zufrieden, es hatten sich keine bisher ausser Acht gelassenen Gesichts- und Ansatzpunkte gezeigt, aber er hatte wenigstens das Gefühl, sein Möglichstes getan zu haben.

Jeger half seiner Kollegin in den Mantel und schlüpfte in seinen Anorak, und die beiden traten aus den geheizten Räumen in den düsteren, kühlen Herbstabend hinaus. Nun, nachdem sie die Arbeitsumgebung verlassen hatten, beschlich Jeger wieder die beklemmende Unsicherheit, die sein Verhalten Frauen gegenüber im Privatleben kennzeichnete. Er war im Begriff, allen Mut zusammenzunehmen und seine Kollegin zu fragen, ob sie mit ihm essen gehen wolle, und suchte die Worte zusammen, kaute auf ihnen herum, als Eveline ihm lächelnd die Hand hinstreckte und eine ruhige Nacht wünschte. Dass sie ihm zum Abschied die Hand reichte, noch dazu mit einem Lächeln so voller Wärme, war unter ihnen ganz unüblich. Jeger ergriff ihre schmale Hand, umfasste sie mit scheuer Inbrunst und hielt sie einen Tick länger, als es der Brauch war. Sie überliess es ihm, die Dauer ihrer Berührung zu bestimmen, und sie nahm dieses Mal ihr Lächeln nicht zurück, egal, wie viel Zahnfleisch dabei zu sehen war. Als er ihre Hand freigab, wandte sie sich um und ging in Richtung der Stadt. Er schaute ihr noch einen Augenblick nach, bevor er sich seinem Wohnquartier zuwandte. Jetzt würde er noch einen Grund mehr haben, in dieser Nacht nicht zur Ruhe zu kommen.

Der Tag der Vernehmung war gekommen, und Schäubi sass an einer Breitseite des Tisches im karg möblierten Zimmer vor einem Automatenkaffee, Jeger gegenüber und Josi links von ihm. Ein altertümliches Tonband stand auf dem Tisch und lief schon, als Jeger mit einigen Standardfragen anfing. Das Team hatte sich dahin geeinigt, dass die Fragen der Chronologie zu folgen hätten, und so lautete die erste Frage Jegers zur Sache: „Was sagt Ihnen der Name Rosmarie Widmer?"

„Sagt mir gar nichts. Sollte er?"

„Sie servierte vor ca. 30 Jahren im Auerhof."

Schäubi zeigte Zeichen des Erinnerns und unterdrückte ein maliziöses Grinsen: „Ach so, das Rösli! Ja, ich kann mich schwach an sie erinnern. Ein hübsches Flittchen, mancher hat versucht, bei ihr zu landen, einigen ist es wohl gelungen."

„Ihnen auch?"

Schäubi wehrte ab: „Ich war ja noch jung damals, wo denken Sie hin!"

„Nach unseres Informationen waren Sie aber dabei, als eines Abends im Auerhof ein ‚Fest' eigener Art stieg, bei dem viel Alkohol floss und das nicht ohne Folgen blieb."

„Ich weiss jetzt wirklich nicht, was Sie meinen. Solche Feste liefen dort an jedem Wochenende. Was meinen Sie denn mit ‚Folgen'?"

„Rosmarie Widmer war schwanger geworden und verliess kurz darauf Bachwilen."

„Nun, das Servierpersonal wechselte dort ziemlich häufig. Ich verstehe nicht, was das mit mir zu tun haben soll."

„Rosmarie gebar eine Tochter. Sie gab ihr den Namen Elsbeth. Es handelt sich um die Elsbeth Widmer, die vor einigen Tagen in Bachwilen zu Tode kam."

Schäubi erstarrte kurz und kaum merklich, bevor er etwas gepresst sagte: „Na so was, ist die Welt nicht ein Dorf."

Jeger liess das ein bisschen einwirken, aber der Effekt war nicht die erhoffte Verunsicherung oder gar Erschütterung. Schäubi fasste sich schnell wieder und fragte: „Hat denn jetzt das irgendetwas zu sagen, oder ist's bloss ein Zufall?"

Jeger fuhr fort: „Frau Schüpbach, wie Rosmarie inzwischen heisst, hatte noch eine zweite Tochter, Ruth. Wussten Sie das?"

„Na hören Sie mal, ich kümmere mich doch nicht darum, was eine ehemalige Serviertochter vom Auerhof so treibt. Woher sollte ich denn diese Ruth kennen?"

„Ruth verkehrte in Bern in der Drogenszene. Sie war eine – sagen wir mal – Bekannte von Felix Stauffer. Es scheint, dass auch Sie die Bekanntschaft von Ruth gemacht haben."

Wieder kurzes Erstarren bei Schäubi, bevor er mit einer Entrüstung, die ebenso gut gespielt sein konnte, schnaubte: „Was erlauben Sie sich! Das ist eine glatte Unterstellung. Was Stauffer anbelangt, das geht mich ja nichts an, aber denken Sie im Ernst, dass ich im Drogenmilieu verkehre?"

„Wir haben einen Zeugen, der Sie, Stauffer und Ruth Widmer zusammen in der ZigZag-Bar gesehen hat. Tags darauf nahm sich Ruth das Leben."

Schäubi schien unbeeindruckt, aber wenn man gut hinschaute, standen über seiner Oberlippe winzige

Schweisströpfchen. „Blödsinn, das kann ja gar nicht sein."

Jeger ruhig: „Wir werden eine Gegenüberstellung machen. Kommen wir nun zum nächsten Punkt: Was können Sie uns über die Agrarculto berichten?"

Schäubi zog leicht die Augenbrauen hoch. „Sie haben sich ja mächtig ins Zeug gelegt beim Sammeln von Informationen über mich. Die Agrarculto unterstützt Bauern mit Privatkrediten, ein durchaus ehrenwertes Unternehmen."

„Wie ist denn die Agrarculto in den Besitz von so viel landwirtschaftlichem Boden in Bachwilen gekommen?"

„Einige der Schuldner konnten ihre Kredite nicht bedienen, und um ihnen die weitere Existenz zu ermöglichen, nahm das Unternehmen Land als Abgeltung entgegen."

„Ging da alles völlig korrekt vor sich?" Das war natürlich eine rhetorische Frage; Jeger versuchte, dem Ton so viel Zweifel wie möglich beizumischen, Schäubi sollte ruhig ins Schwitzen kommen.

„Das ist doch der Gipfel! Wenn Stauffer noch leben würde, könnte er ihnen bestätigen, dass alles mit rechten Dingen und gesetzeskonform vor sich gegangen ist."

„Nun zum Todestag von Frau Widmer. Hatten Sie an diesem Tag Kontakt mit ihr?"

„Nicht dass ich wüsste."

„Und zu Stauffer?"

„Ich glaube nicht, ich erinnere mich jedenfalls nicht daran."

„Gemäss unseren Informationen hat er Ihnen telefoniert, und einige Zeit später haben Sie ihn Ihrerseits angerufen."

Nach kurzem Zögern meinte Schäubi möglichst beiläufig: „Dann wird es halt so gewesen sein, ja, stimmt, wir hatten da noch etwas wegen der bevorstehenden Gemeinderatssitzung zu besprechen."

„Was?"

„Es ging um ...", begann Schäubi, lehnte sich dann zurück und schloss die Augen, wie wenn er sich zu erinnern versuchte. „Ja, genau, er wollte wissen, ob ich ein Geschäft, das ich provisorisch traktandiert hatte – es handelte sich um den Ersatz einer Wasserleitung – vorbringen wolle, ob die Kommission das behandelt habe."

„Und, hatte sie?"

Schäubi reagierte genervt: „Was geht das Sie denn an? Nein, wir haben das Traktandum gestrichen."

„Wenden wir uns dem Todestag von Frau Widmer zu. Bitte schildern Sie mir möglichst genau, was Sie von – sagen wir mal – 17 Uhr bis zum Beginn der Gemeinderatssitzung getan haben."

„Also, ich war bis gegen 18 Uhr im Geschäft , dann ..."

„Wollen Sie damit sagen," unterbrach ihn Jeger, „dass jemand anderes als Sie um 17 Uhr 14 Herrn Stauffer von Ihrem Privatanschluss aus im ALB angerufen hat?"

Schäubi wurde nun richtig aggressiv: "Dann war ich halt schon um Viertel nach fünf daheim. Wissen Sie denn exakt, was Sie an diesem Tag um diese Zeit getan haben?"

Jeger liess sich nicht aus der Ruhe bringen: „Sie waren also kurz nach fünf daheim und riefen Stauffer an. Und dann?"

„Ich gehe jede Woche an drei Abenden zwischen Arbeit und Abendessen Rad fahren. Das machte ich auch an diesem Tag."

„Wie geht das denn normalerweise vor sich?"

„Na wie wohl! Ich ziehe mir das Radlertenue über und steige aufs Rad natürlich!"

„Heisst das, dass Sie immer von zuhause aus Rad fahren, Sie laden also nicht das Rad in den Wagen und fahren irgendwohin?"

„Nein, ich fahre von zuhause aus, ich habe da meine zwei, drei Standardrouten."

„Heisst das, dass Ihr Wagen die ganze Zeit, also von 17 bis ungefähr 19 Uhr 45, vor Ihrem Haus stand?"

Josi zuckte bei dieser Frage leicht zusammen, und Barbara Aellen im Nebenzimmer runzelte die Brauen. Was wollte denn Jeger damit?

Jeger hatte eine schlaflose Nacht hinter sich, nicht mehr nur wegen Georg Schäubis Vernehmung. Waren das nun die sprichwörtlichen Schmetterlinge im Bauch, zum Flattern gebracht durch die Berührung von Eveline Jutzis warmer Hand? Er hatte damit keine Erfahrung, empfand seine Beunruhigung aber als ausgesprochen angenehm. Es hatte ihm Mühe bereitet, seine Gedanken davon loszureissen. Aber auch das klare Bild davon, wie sich der Mord an Elsbeth Widmer abgespielt haben musste, liess ihn nicht los. Und er war sich im Klaren darüber, dass sie nichts, noch nichts hatten, womit sie Schäubi festnageln konnten. Hin und zurück hatte er sich überlegt, womit man Schäubi verunsichern konnte, so dass er Fehler machte und sich in Widersprüche verwickelte. Vielleicht hatte Evelines Händedruck seine Phantasie beflügelt, jedenfalls waren im Ideen gekommen, deren spekulative Natur seinem Denken bisher fremd gewesen waren. So kam es, dass er sich ein paar zusätzliche Notizen gemacht hatte, die er wohlweislich mit seinen Kollegen oder der Untersuchungsrichterin nicht absprach; Tricks waren verpönt, man setzte darauf, dass mit sauberer Ermittlungsarbeit letztlich die Wahrheit ans Licht kommen würde. Jeger glaubte in diesem Fall nicht daran, zu dürftig war, was sie in der Hand hatten. Nach allem, was er wusste, war Schäubi ein harter, selbstsicherer und erfolgsgewohnter Brocken.

Da Jeger annahm, dass Schäubi und Stauffer mit einem Wagen in den Wald hinauf gefahren sein mussten, um die Tat zu begehen, und da bekannt war, dass Stauffer sein Haus zu Fuss verlassen hatte, musste seiner Meinung nach Schäubi gefahren sein. Deshalb war ihm diese Frage eingefallen, obwohl keine Fakten dazu vorlagen, ob, wann und wo Schäubis Range Rover zur fraglichen Zeit gestanden hatte.

„Heisst das, dass Ihr Wagen die ganze Zeit, also von 17 bis ungefähr 19 Uhr 45, vor Ihrem Haus stand?", fragte er also, und tatsächlich schien das sein Gegenüber zu verunsichern.

„Ob ich den Wagen nun vor dem Haus stehen gelassen oder in der Garage versorgt habe, dass weiss ich wirklich nicht mehr", antwortete Schäubi schliesslich.

„Wir wissen, dass Sie mit dem Wagen zur Ratssitzung gefahren sind. Da ist doch anzunehmen, dass Sie den Wagen für diese zwei, drei Stunden nicht noch in die Garage gefahren haben."

„Wie gesagt", bestand Schäubi darauf, „ich kann das jetzt wirklich nicht mehr sagen."

„Welche Route fuhren Sie an diesem Abend?"

„Ich bin mir sicher, dass ich Richtung Nettikofen gefahren bin, dann kurz vor dem Dorf links den Hang hinauf zum Auerhof hinauf und wieder nach Bachwilen zurück."

„Wie lange waren Sie da unterwegs?"

"Ich rechne jeweils mit einer knappen Stunde."

„Hat Sie unterwegs jemand gesehen?"

„Da sind natürlich immer Leute unterwegs, aber ich erinnere mich jetzt nicht an irgendjemanden speziell."

„Haben Sie niemanden gegrüsst?"

„Das weiss ich doch jetzt nicht mehr!"

„Es wäre sehr zweckdienlich, wenn Sie sich an eine Begegnung irgendwelcher Art erinnern könnten."

Schäubi schien nachzudenken, blieb dann aber dabei: Er könne nichts dazu sagen.

Pause. Jeger versuchte, der Pause Gewicht zu geben, denn es stand ein heikles Manöver bevor. Er blätterte in den Akten, holte ein Blatt hervor, las darin, hob bedeutungsschwer die Augenbrauen und fragte: „Herr Schäubi, sammeln Sie auch Pilze?"

Josi schluckte leer, überspielte das aber sofort und versuchte, Schäubi interessiert anzuschauen. Barbara Aellen, die keine Rücksicht darauf nehmen musste, welchen Eindruck ihre Reaktion auf den Befragten machte, zischte: „Was soll das denn?"

Und Schäubi starrte Jeger mit offenem Mund an, bevor er „Hä?" sagte.

Jeger setzte eine genüssliche Miene auf und erklärte: „Zu dieser Jahreszeit findet man im Hang westlich des Bachwegs Maronenröhrlinge, Kraterellen und vielleicht nebelgraue Trichterlinge. Es versteht sich von selbst, dass an schönen Tagen deshalb Pilzsammler unterwegs sind."

Jeger legte eine Pause ein und hoffte, dass diese Aussage bei seinem Gegenüber irgendetwas auslösen würde.

Es arbeitete in Schäubis Gehirn, auch wenn er sich gelangweilt zu geben versuchte. „Was gehen mich denn nebelgraue Maronellen an?", gab er möglichst lässig von sich.

„Pilzsammler richten natürlich den Blick im Wesentlichen auf den Boden, aber trotzdem machen sie auch Beobachtungen, die nichts mit Pilzen zu tun haben."

„Werden Sie konkret, Mann!", schnaubte Schäubi.

„Die Person, von der die Rede ist, ist zurzeit in den Ferien, aber wir werden zu gegebener Zeit eine Gegenüberstellung machen", äusserte sich Jeger dazu. „Sie haben dazu gar nichts zu sagen?"

„Ich wüsste nicht was", entgegnete Schäubi.

„Bitte halten Sie sich zur Verfügung und informieren Sie uns, wenn Sie längere Zeit abwesend sind —

oder wenn Ihnen in den Sinn kommt, ob jemand Sie am fraglichen Abend auf Ihrer Radrunde gesehen hat" Und damit war die Vernehmung abgeschlossen.

„Was hast du dir dabei nur gedacht!?" Barbara Aellen fiel regelrecht über Jeger her, als die beiden und Josi im Vernehmungszimmer zusammensassen, nachdem Schäubi es verlassen hatten. „Das war nicht abgesprochen, und ich verbiete mir solche Alleingänge und Fürze in die Luft!"

Jeger war zwar auf Kritik gefasst gewesen, trotzdem erschreckte ihn der aggressive Ton. „Schau mal", versuchte er zu beschwichtigen, „das war nicht eine von langer Hand vorbereitete Tat. Ich bin mir sicher, dass an diesem Nachmittag zwischen Widmer, Stauffer und Schäubi Informationen geflossen sind, die Schäubi dazu gezwungen haben, Massnahmen zu ergreifen. Wahrscheinlich wollte er Frau Widmer nur für einige Zeit ausser Gefecht setzen, um Zeit zu gewinnen. Jedenfalls war das eine improvisierte Aktion, und Schäubi kann nicht sicher sein, dass es keinerlei belastende Beobachtungen gibt. Nun wird er reagieren müssen. Tut er dies, kennen wir mit einiger Sicherheit, dass wir mit unserem Verdacht richtig liegen. Verhält er sich völlig ruhig, haben wir auch nichts verloren."

„Aber du kannst ja nicht einfach eine Gegenüberstellung mit einem fiktiven Pilzsammler aus dem Ärmel schütteln; wenn das bekannt wird, rollen Köpfe, und meiner gehört dazu!", erregte sich Aellen.

„Eine Gegenüberstellung mit dem Barkeeper der ZigZag-Bar wird es ja geben, auch wenn sie mit ziemlicher Sicherheit nichts bringt", entgegnete Jeger, „und das ziehen wir einfach ein bisschen in die Länge. Niemand wird danach wissen, wen alles wir für diese Veranstaltung beigezogen haben."

Allmählich beruhigte sich die Untersuchungsrichterin. „Wenn ich mir vorstelle, dass es zu einer Anklage und einer Verhandlung kommt und das bekannt wird, kommt das kalte Grausen über mich. Aber es lässt sich nun nicht mehr ändern. Ich hoffe nur, dass es etwas bringt, sonst …" Aellen liess den Satz im Raum hängen und rauschte davon.

Josi war der Diskussion schweigend gefolgt. „Du bewegst dich auf dünnem Eis. Hoffen wir, dass es nicht bricht." Grinsend fügte er hinzu: „Aber ehrlich, ich finde es geil! Mir ist völlig klar, dass wir wenig bis nichts gegen Schäubi in der Hand haben. Da kann uns eigentlich nur noch ein Pilzsammler helfen, ob ein fiktiver oder ein wirklicher. Schäubis Terrain ist Bachwilen, dort fühlt er sich sicher, dort gilt er etwas. Heute hat er die Erfahrung gemacht, dass das ausserhalb seines Reviers ganz anders ist, und ich bin fast sicher, dass er seine Position im Dorf zu nutzen versucht. Beckenbauer pflegt zu sagen: ‚Schaumermal'!"

Schon zwei Tage später traf ein Fax mit dem Briefkopf der Firma Holzbau Schäubi bei der Kriminalpolizei in Bern ein. Handschriftlich hatte der Firmeninhaber darauf notiert: „Folgendes ist mir in den Sinn gekommen: 1. Auf der Velorunde bin ich kurz im Auerhof vorbeigegangen und habe ein Glas Eistee konsumiert. Der Inhaber, Hans Gasser, wird es bestätigen. 2. Meinen Wagen hatte ich am fraglichen Vormittag in die Garage Bühler gebracht wegen der Klimaanlage. Ich habe ihn am Abend im Vorbeigehen auf dem Weg zur Gemeinderatsversammlung wieder abgeholt. MfG G. Schäubi."

Der Auerhof

Der Auerhof, auf der Geländeterrasse einige Dutzend Höhenmeter und wenige Streckenkilometer über dem Dorf gelegen, wurde von Einheimischen wenig frequentiert. Es ging das Gerücht um, man käme eventuell günstig zu einem erotischen Abenteuer bei dem Servierpersonal, das seit einigen Jahren meist aus dem Balkan stammte. Das lockte einerseits hin und wieder ein paar Junge an, andererseits genierten sich die Gestandenen Bachwiler gerade deshalb, in den Auerhof zu fahren, umso mehr als dies der sozialen Kontrolle nicht zu entziehen war. Ausflügler hingegen, vielleicht auch der eine oder andere aus dem neuen Dorfteil, traf man dort je nach Wetter und Saison in für den Auerhof existenzsicherndem Ausmass. Es gab ja sogar ein paar „Fremdenzimmer" und früher auch einen Skilift, aber mittlerweile, auf gut 700 müM, man weiss es ja ... Dass das Steigen der Schneegrenze dem Auerhof nicht das Genick brach, war der Tatsache zu verdanken, dass Modellflugzeugpiloten den Hang entdeckten beziehungsweise die Tatsache, dass bei guten thermischen Verhältnissen oder bei Westwind der Auerengraben die Strömung kanalisierte und über die Verbreiterung des Grabens im Auerenried gegen die Kante vor dem Auerhof ablenkte. Das entdeckten auch Delta- und später Gleitschirmpiloten, und bei günstigen Bedingungen konnte man von hier aus durchaus auf Strecke gehen oder mindestens einen ausgedehnten Gleitflug nach Markingen hinunter geniessen. So zog wieder, mindestens im wärmeren Halbjahr, Leben ein, und der Auerhof erwarb eine gewisse Prominenz. Mittlerweile war es eine bekannte Adresse für das Zvieriplättli von Seniorenausflüglern, und wollte ein Grafenstädter oder Stadtberner seine Grossmutter an einen schönen Ort schleppen, wo man auf einer Sonnenterrasse sitzen und die Voralpenketten auf sich einwirken lassen konnte, dann war der Auerhof eine der Möglichkeiten.

Der Auerhofwirt Johann Gasser – wenn ihn jemand „Hans" nannte, korrigierte er ihn – war aus der Sicht der Bachwiler ein Aussenseiter, aber ein akzeptabler. Jahrzehntelang war er zur See gefahren und hatte es zu einer gewissen Meisterschaft gebracht, aus einfachen Rohstoffen etwas Essbares zusammenzustellen. Gehobenen Ansprüchen genügte seine Kocherei nicht, aber für die Wenigen, die mehr als einen Restbrot oder einen Coupe Danmark wollten, reichte es allemal. Zudem hielt er dank seiner Multifunktionalität – Koch, Hotelier, Buffetdame, Hausdiener – und dem sorgfältig auf Anspruchslosigkeit hin ausgewählten Personal die Kosten so tief, dass er auch längere Phasen von schlechtem Geschäftsgang einigermassen schadlos überstand. Hin und wieder spukte in seinem Gehirn die Idee einer Erlebnislandschaft umher, und vielleicht, wer weiss, würde es auf der Auerallmend mal eine Sommer-Rodelbahn geben. Aber im Grunde hatte er sich damit abgefunden: Mit reich Werden war nichts.

Das Wetter hatte gedreht, fertig war's für den Moment mit goldenen Herbsttagen, Feuchtigkeit hing in der Luft, und so war es nicht verwunderlich, dass Jegers Auto das einzige auf dem Parkplatz war, als er mit Josi beim Auerhof eintraf, natürlich abgesehen vom Lada des Wirts, der sich seiner verrosteten Flanken in der äussersten Ecke des Platzes schämte. Gasser sass an „seinem" Tisch, die Lesebrille zuvorderst auf der Nase, vor einem Kaffee Schnaps und blätterte in der Zeitung, als die beiden Kriminalbeamten eintraten. Sie suchten sich einen Platz am Fenster aus, obwohl es ausser Nebelschwaden wenig zu sehen gab. Etwas mühsam und mit knackenden Gelenken erhob sich der Wirt und fragte die Gäste nach ihren Wünschen. Als er Jegers Kaffee und Josis Tee brachte, meinte Jeger zu ihm: „Läuft nicht viel, he?".

„Was wollen Sie, bei dem Wetter! Vielleicht gibt's noch ein paar gute Tage, dann schalten wir auf Sparflamme."

„Wie war's denn die letzten paar Tage, hat die Sonne noch ein paar Leute hierher gelockt?"

„Es geht so, ich will nicht klagen. Ein paar Pilzsammler, Wanderer, Biker hat's bei schönem Wetter immer." Damit wollte er sich zu seiner Zeitung zurückziehen.

Jeger liess ihn nicht ziehen: „A propos Biker, gibt's da Leute aus dem Dorf, die regelmässig eine Runde fahren und im Vorbeigehen für ein Glas absteigen?"

Seufzend wandte sich Gasser um, ging zurück und setzte sich zu den zwei Herren. Als zwei grau Gekleidete ihr graues Auto an diesem grauen Tag vor dem Auerhof parkiert hatten, hatte er ja schon gewusst, was ihm bevorstand. Er schickte sich ins Unvermeidliche.

„Regelmässig ist vielleicht übertrieben, aber es gibt schon den einen oder andern, den man hin und wieder sieht", gab er zur Antwort.

„Gehört der interimistische Gemeindepräsident zu ihnen?"

„Ja", war die wortkarge Erwiderung.

Jeger insistierte: „Erinnern Sie sich, wann er das letzte Mal hier war?"

„Ich glaube, er war letzte Woche an einem Abend mal mit dem Rad hier und hat etwas getrunken," liess Gasser hören.

„Können Sie das noch etwas genauer sagen?"

Gasser blickte kurz auf und meinte dann: „Ich denke, es war am Dienstag."

Jegers Ton wurde nun ungeduldig. „Sie denken, Sie glauben … Werden wir konkret: Würden Sie das unter Eid aussagen?"

Gasser stand auf, wandte sich der Aussicht in den Nebel zu und verschränkte die Arme hinter dem Rücken. Nach einigen Sekunden gab er sich einen kleinen Ruck. „Ich gebe zu Protokoll, dass Schäubi am Dienstag Abend zu einem Glas Irgendetwas irgendwann zwischen 18 Uhr 30 und 19 Uhr 30 hier erschienen ist. Einen Eid habe ich mein ganzes Leben lang noch nie geschworen, und ich werde es auch jetzt und in Zukunft nicht tun. Basta."

Es entstand eine Pause, Jeger und Josi sahen sich an. Was war davon zu halten? Jeger zog den Laptop zu sich rüber und bedeutete damit Josi, der bis jetzt schweigend zugehört und das Gesagte eingetippt hatte, die Fortsetzung des Gesprächs zu übernehmen. Josis ruhige Art und freundliche Stimme bewirk-

te, dass die Spannung, die sich aufgebaut hatte, ab-
flaute.

„Wie lebt es sich denn so in Bachwilen als Gewerbetreibenden? Wird man unterstützt, findet man ein
offenes Ohr für seine Anliegen, oder muss man sich
über den Amtsschimmel ärgern?"

Gasser setzte sich wieder, legte die Arme auf den
Tisch und lehnte sich zurück. Mit Josi schien er warm
werden zu können, und er wandte sich direkt an ihn.
„Wissen Sie, in einem Betrieb wie diesem" – er deutete mit einer Kopfbewegung in die Runde – „bewegt
man sich, speziell im Personalbereich, hin und wieder
in einer Grauzone. Da ist man darauf angewiesen,
dass einem nicht immer allzu genau auf die Finger
geschaut wird, sonst kann es schon recht mühsam
werden. Bis jetzt ist das ganz gut gegangen, und ich
hoffe, dass es dabei bleibt. Es profitieren ja alle davon, wenn ein Mädchen aus Rumänien oder so mal
ein paar Wochen länger bleibt, als eigentlich erlaubt
ist. Oder denken Sie, Schweizerinnen würden sich um
einen Job hier oben reissen?"

„Und sonst so, die Strasse, die Anschlüsse ans
Strom-, Wasser- und Abwassernetz, läuft da alles
rund?" hakte Josi nach.

„Bachwilen hat noch eine eigene Elektrizitätsver-
sorgung und betreut die ganze Feinverteilung selber.
Die Leitung zu uns herauf hängt immer noch an Mas-
ten, und wenn's windet oder stark schneit, haben wir
immer wieder Stromausfälle. Der Blitz hat auch schon
mal eingeschlagen. Man hat mir dieser Tage verspro-
chen, man werde die Verlegung in die Erde prüfen,

natürlich müsste ich mich an den Kosten beteiligen, aber da werde sich sicher eine Lösung finden lassen."

„Dieser Tage ... Haben Sie erst gerade, an einem der letzten zwei Tagen, mit einem der Gemeindeverantwortlichen darüber gesprochen?", hakte Josi nach.

Gasser lächelte, die beiden Männer sahen sich an, beide wussten, worum es ging. „Ja, der Gemeindepräsident ad interim war da, wir tranken zusammen einen Kaffee, plauderten über dieses und jenes, und dabei kam auch dieses Thema zur Sprache." Der Auerhofwirt machte eine Pause und fuhr dann fort: „Ich bin hier ein bisschen wie einer auf einem schwankenden Brett, da sollte man sich möglichst still verhalten. Wer sich querlegt, ist hier oben verloren."

Nach einem kurzen Blick auf Jeger, der fast unmerklich mit den Schultern zuckte, bedankte sich Josi für das Gespräch. Sie schoben Gasser den Laptop hin, er las, was aufgenommen worden war und nickte, sie druckten das Protokoll aus und liessen es unterschreiben. Dann leerten sie ihre Tassen, deponierten die Zeche und verabschiedeten sich.

Bühler Werkstattbuch

Die mechanische Werkstätte Bühler und Sohn hatte sich in einem ehemaligen Bauernhaus im alten Ortsteil an der Auerhofstrasse eingenistet. Der alte Bühler hatte noch Pflüge geschliffen und Kettensägen geschärft und war Experte für ältere Traktoren, Hürlimänner und so, der junge betrieb eine Renault-Vertretung und „Verkauf und Reparaturen aller Marken". Kein Wunder, dass sich wildgewordene R5 Alpine mit Unmengen Plastikzierrat und aufgemotzte Clios bei den Bachwiler Adoleszenten grosser Beliebtheit erfreuten. Neuerdings verkauften Bühlers auch Roller, das Geschäft wollten sie nicht anderen überlassen.

Die beiden Robert Bühler – junior und senior – waren ein bemerkenswertes Pärchen, fast wie ein altes Ehepaar: Keiner konnte ohne den anderen sein, aber ständig lagen sie sich in den Haaren. Der Betrieb gehörte nach wie vor dem Alten, aber ohne den Umsatz, den der Junge, sein Mechaniker – Aschi Schnegg, einer, der keinen weiteren Ehrgeiz hatte, als sein Leben lang einfach nur Mech zu bleiben – und der Lehrling erarbeiteten, und ohne Robert juniors Fertigkeiten mit dem PC für all das administrative Zeug wäre Robert senior verloren gewesen. Wenigstens hatte sich der Junior vor ein paar Jahren so weit emanzipiert, dass er die elterliche Wohnung verlassen und ein hübsches Reihenhäuschen am Alpenblickweg gekauft hatte. Senior hingegen wohnte seit eh und je mit Frau Rosa über dem Betrieb.

Mit Mühe fanden die Kriminalbeamten ein Plätzchen für ihren Wagen zwischen zum Verkauf stehenden Gebrauchtwagen und zum Ausschlachten bestimmten Rostlauben. Sie betraten die Werkstätte, wo sie erst bei näherem Hinsehen und Hinhören in der Grube unter einem Renault älteren Jahrgangs Schnegg und den Lehrling wahrnahmen. Sie waren dabei, ein Kreuzgelenk auszuwechseln, als Jeger sie ansprach und nach dem Chef fragte. Der sei jetzt gerade beim Alten am Kaffeetrinken, wurde ihm beschieden, er müsse in der Wohnung klingeln.

Jeger darauf: „Vielleicht können Sie mir ja auch helfen. Ich brauche nur eine Auskunft darüber, ob der Wagen von Herrn Schäubi vorletzten Dienstag hier in der Werkstatt gewesen ist."

Schnegg legte nicht einmal das Werkzeug aus der Hand, und sein Blick blieb auf die Radaufhängung vor seinen Augen gerichtet. „Das geht mich nichts an, fragen Sie den Chef. Schäubis Karre steht immer wieder da, der wechselt nicht einmal die Birne der Innenbeleuchtung selber, ein Wunder, dass man ihm nicht den Aschenbecher leeren muss."

In diesem Moment trat Robert Bühler jun. durch die Türe zwischen Büro und Werkstatt. Er fragte die Beamten nach ihrem Anliegen, und Jeger wiederholte es.

Spassbremse und Feind Nummer 1 für einen Heranwachsenden auf dem Land mit Benzin im Blut ist die Polizei. Frisierte Christenverfolger, löcherige oder ganz fehlende Auspufftöpfe, zu Slicks degenerierte Reifen, Rennen in Kiesgruben, wilde Fahrten durch den Wald mit geländegängigen Töffs: Der Polizei fehlte grundsätzlich das Verständnis für diese Vergnügungen der Landjugend. So durfte nicht verwundern, dass Bühlers Haltung gegenüber den Repräsentanten der Staatsmacht seit jeher feindselig war. Nun grinste er unverhohlen und schien sich auf das bevorstehende Rencontre richtig zu freuen.

„Schauen wir doch mal ins Werkstattbuch," sagte er, zog das angesprochene Werk unter einigen abgewetzten Bremsklötzen hervor und blätterte darin, bis er den besagten Dienstag aufgeschlagen hatte. „Ja, da steht, dass Schäubi seinen Wagen am Mittag hier abgestellt hat, weil er der Meinung war, etwas mit der Klimaanlage sei nicht in Ordnung. Es war aber nichts zu finden, und am Abend hat er ihn wieder abgeholt."

„Darf ich mal schauen?" Jeger nahm ihm das Buch aus der Hand. Sofort fiel dem Kriminalbeamten auf, dass im Gegensatz zum Montag davor alle Eintragungen am Dienstag in sauberer Schrift und mit dem gleichen Schreibwerkzeug gemacht worden waren. Bei genauerer Betrachtung war erkennbar, dass die Originalseite im Falz herausgeschnitten und die neue Seite mit Klebband eingeklebt worden war. „Das sieht ja so aus, als ob der ganze Dienstag im Nachhinein noch einmal geschrieben worden wäre", wandte er sich an Bühler.

Der liess sein Grinsen im Gesicht stehen und erwiderte: „Ja, da ist Schmierfett auf die Seite getropft, und dann habe ich die Seite abgeschrieben, man ist ja schliesslich kein Sauhund."

Jeger strich mit der Daumenkuppe über das Klebeband. „Sie haben sicher das Originalblatt noch, oder?"

„Uh, das ist jetzt ganz blöd, das ist in der Papiersammlung von letzter Woche gelandet!", kam es mit unübersehbarem Triumph zurück.

Super gemacht, dachte Jeger bei sich, simpel, unverschämt und unwiderlegbar. „Hat Schäubi sein Auto bei Ihnen gekauft?" Mehr fiel ihm im Moment auch nicht mehr ein.

„Aber sicher, und er hat soeben ein neues bestellt!" Das Grinsen Bühlers wurde dabei noch breiter.

Mit Mühe schluckte Jeger kindische Rachebedürfnisse hinunter. Er entschloss sich, einen letzten Versuch zu machen: „Würden Sie unter Eid aussagen, dass Schäubis Wagen am vorletzten Dienstagnachmittag bis in den Abend hinein, sagen wir bis 19:30 Uhr, hier war?"

Bühler blieb unerschütterlich: „Ich beeide, dass das so im Werkstattbuch steht, und wenn es dort steht, ist es wohl auch so gewesen."

Jeger konnte dem Versuch, Bühler wenigstens ein bisschen zu schikanieren, nicht widerstehen. „Wir müssen das Werkstattbuch beschlagnahmen. Ein Protokoll wird erstellt werden, und Sie werden nach Bern kommen müssen, um es zu unterzeichnen. Wir geben Ihnen Bescheid."

Josi hatte den Laptop holen wollen, um das Gesagte wie üblich vor Ort zu protokollieren. Nun hielt er inne, und die beiden Polizisten trotteten nach kurzer und barscher Verabschiedung ein bisschen wie begossene Pudel zu ihrem Wagen zurück.

Ende der Fahnenstange

Wie erwartet hatte die Gegenüberstellung nichts gebracht. Der ZigZag-Barkeeper hatte sowohl beim Anblick des Fotos von Felix Stauffer wie beim Anblick der Gruppe stattlicher Männer, in der auch Georg Schäubi stand, verlauten lassen: „Ja, genau ein solcher Typ war es, aber ob es genau dieser oder jener war, das kann ich beim besten Willen nicht sagen."

Auch die Aktion, einen Schwarm Fahnder auf die Bachwiler Bevölkerung loszulassen mit der Frage, wer am besagten Dienstag wo den schwarzen Range Rover des Gemeindevizepräsidenten gesehen hatte, war nicht von Erfolg beschieden. Leider, dachte Jeger bei sich, tauchen nur in Krimis Zeugen auf, die sich ganz genau erinnern konnten, dass ihr Hund an einem bestimmten Abend an einem bestimmten Ort an den Pneu eines bestimmten Wagens gepisst hatte.

Der Missmut lag über den Sitzungsteilnehmern wie der Nebel über der Aare. Zwar hatten Jegers Versuchsballons Wirkung gezeigt und Schäubi dazu veranlasst zu reagieren, und dies auf eine Art und Weise, dass nun alle Anwesenden von seiner Mitverantwortung überzeugt waren. An der Schwierigkeit, dies zu beweisen, hatte sich freilich dadurch nichts geändert. Auf Jegers Darlegung, wie sich nach allem, was sie wussten, die Tat abgespielt haben musste, war aus der Runde kein Widerspruch zu hören, alles fügte sich nahtlos aneinander, Alternativszenarien fielen niemandem ein.

Die Hilflosigkeit war mit Händen zu greifen, denn „Wissen, wie es war, und dem Täter die Schuld nachweisen können, das ist wie der Unterschied zwischen Gerechtigkeit und Recht", so drückte es die Untersuchungsrichterin aus. Es wurde hin und her diskutiert, wo man einen weiteren Hebel ansetzen könnte; zuletzt blieb nichts anderes festzuhalten, als dass man „dran bleiben" und hoffen wolle, es werde sich „ein Türchen öffnen", wie z.b. dass sich ein Pilzsammler oder ein Spaziergänger melde, der tatsächlich etwas gesehen habe. Die Idee, über die Medien einen entsprechenden Aufruf zu veröffentlichen, wurde verworfen. Die Öffentlichkeit hielt die Affäre mit dem Selbstmord von Felix Stauffer für erledigt. Man hätte nur offengelegt, dass die Ermittlungsbeamten damit nicht zufrieden und die Ermittlungen stecken geblieben waren.

Nach der Besprechung sass Jeger auf seinem Bürostuhl. Er hatte ihn gegen das schmale Fenster gedreht und seine Füsse auf das Fensterbrett gelegt. Seine Hände beschäftigten sich mit einem Bleistift, drehten es hin und zurück und umgekehrt. Seine Augen waren auf die Berner Altstadtsilhouette gerichtet, ohne sie wahrzunehmen. Er wusste mit dieser Situation nicht umzugehen, er konnte nicht akzeptieren, dass sie Tathergang und Täter kannten und trotzdem nichts beweisen konnten. Es hatte keinen Sinn: Er würde es, Vorschriften hin oder her, nicht auf sich beruhen lassen, und der Gedanke, der ihn schon seit einiger Zeit umtrieb, liess sich einfach nicht mehr verbannen. Noch ein tiefer Atemzug, und dann drehte er sich seinem Schreibtisch zu, fingerte in der Unordnung, bis er die Tageszeitung gefunden hatte, suchte darin das Impressum und griff zum Telefon.

Martin Hablützel war äusserst erstaunt gewesen, als sich der Kollege aus der Polizeischule bei ihm gemeldet und ihn zum Znacht eingeladen hatte. Sie waren sich nie grün gewesen, kein Wunder, ging doch so mancher Spass, der sich der extrovertierte und eloquente Hablützel gemacht hatte, auf Kosten des ganz anders gelagerten Bernhard Jeger. Sie hatten dann einige Jahre auf Distanz zusammengearbeitet. Das Verhältnis zwischen den beiden wurde natürlich auch nicht besser, als Hablützel, wie es Jeger empfand, die Seite wechselte, den Polizeidienst quittierte und fortan für die grösste Berner Tageszeitung über Unfälle und Verbrechen schrieb. Interessant war zudem gewesen, dass Jeger ihn am Telefon gefragt hatte: „Hast du eigentlich immer einen Fotoapparat bei dir, Tag und Nacht?"

„Es gibt schon Ausnahmen", hatte er geantwortet, „aber im Allgemeinen schon."

„Kann man damit eigentlich auch Dokumente lesbar fotografieren?" doppelte Jeger nach.

Hablützel hatte dies nicht mit Sicherheit beantworten können, aber selbstverständlich hatte er sich ein entsprechendes Modell beim technischen Dienst der Zeitung besorgt und zum Nachtessen in die Walliser Stube mitgenommen.

Sie entschieden sich für ein Fondue moitié-moitié nach einem Salätchen und mit einem Walliser Weissen; das Gespräch schleppte sich eher mühsam dahin und drehte sich um Belanglosigkeiten. Jeger stellte Fragen, für deren Beantwortung er sich offensichtlich gar nicht interessierte, einfach um vorläufig den Anschein einer unverbindlichen Zusammenkunft zu wahren. Umgekehrt beantwortete er alle Fragen Hablützels ausweichend, so dass die Konversation aus mehr peinlichen Pausen bestand denn aus Substantiellem.

Endlich hatten sie das Caquelon inklusive Kruste ausgeputzt und sich einen Espresso und Marc dazu bestellt. Jeger zog ein Sichtmäppchen mit einem halben Dutzend A4-Blättern aus seiner Mappe und begann wortlos darin zu blättern und hie und da einige Sätze mit zusammengekniffenen Augen zu lesen.

„Was hast du da?", fragte schliesslich Hablützel.

Jeger legte die Blätter neben sein Espresso-Tässchen. „Wir kommen mit dem Bachwilen-Fall einfach nicht weiter. Wir wissen zwar, dass der, der sich das Leben genommen hat, in die Tat verwickelt ist, sind aber überzeugt, dass er die Tat nicht alleine begangen hat. Ich habe mir eine Zusammenfassung aller Fakten und Vermutungen aufgeschrieben. Ich habe sie immer bei mir und lese immer wieder den einen oder anderen Abschnitt in der Hoffnung, etwas zu finden, was wir übersehen haben, irgendeinen neuen Ansatz. Das ist natürlich alles streng vertraulich. Übrigens muss ich jetzt dringend auf die Toilette. Es kann ein bisschen länger dauern, ich habe eine kleine Darmgrippe, du weisst schon." Sprach's, stand auf und verschwand Richtung Männer-WC.

Kaum war er zurückgekommen, packte er die Notizen in seine Mappe, verabschiedete sich von Hablützel und verliess das Lokal – das Zahlen überliess er
dem Zeitungsmann.

Der Artikel

Am nächsten Tag war in der Berner Tageszeitung reisserisch aufgemacht zu lesen, in der morgigen Ausgabe würden die Geheimnisse des Bachwilen-Mords gelüftet werden. Und in der darauffolgenden Ausgabe war folgender Artikel zu lesen:

Die Lokalpolitiker F.S. und G.S. und ihre Rolle im Fall Bachwilen

Korrupter Dorfpolitiker an Mord beteiligt?

Ist der Selbstmord von F.S.* der Schlussstrich unter den Mord an der Bachwiler Gemeinderätin? Sichtet man alle Fakten, zeigen sich Sümpfe aller Art: Sex, Drogen, Habgier, Erpressung, Korruption. Der Verdacht drängt sich auf, dass weitere Dorfhonoratioren in den Fall verwickelt sind. Wir listen die Fakten chronologisch auf und spekulieren, welche Schlüsse daraus gezogen werden könnten.

Fakt ist: R.S.* servierte anfangs der Siebziger Jahre in einer Gaststätte in Bachwilen. Nach ihren Angaben wurde sie eines Abends von Dorfjugendlichen, unter denen G.S.* war, betrunken gemacht. Die Folge dieses Abends war eine Schwangerschaft und die Geburt der unlängst einer Gewalttat zum Opfer gefallenen Bachwiler Gemeinderätin Elsbeth Widmer.
Man darf also spekulieren, dass G.S. der leibliche Vater von Elsbeth Widmer ist, zumal er vermutlich

Anführer der Gruppe war, die an besagtem Abend R.S. besuchte.

Wer war mit R.W. im Séparée?

Fakt ist: Elsbeth Widmer hatte eine Schwester, R.W.*, die in der Drogenszene in Bern verkehrte. R.W. hatte eine Beziehung zu einem älteren Mann, der sie hin und wieder mit einem starken Schlafmittel versorgte. Die Medikamentenschachteln waren angeschrieben mit der Bezeichnung einer in Bachwilen ansässigen Institution. Ein älterer und ein stämmiger Mann besuchten eines Tages Anfang der Nuller Jahre eine Bar in Bern; der Stämmige suchte mit R.W. das Séparée auf, der Ältere betrank sich an der Theke. R.W. setzte sich am darauffolgenden Tag den goldenen Schuss.

Im Zusammenhang mit den Ergebnissen der Ermittlungen (siehe weiter unten) drängt sich die Spekulation auf, dass es sich bei dem älteren Mann um F.S. handelt, der sich letzte Woche das Leben nahm. Bei seinem Begleiter kann es sich um den bereits erwähnten G.S. handeln. Man kann sich vorstellen, dass G.S. zufälligerweise auf die Beziehung von F.S. und der Schwester von Elsbeth Widmer gestossen ist und F.S. daraufhin genötigt hat, ihn mit R.W. bekannt zu machen; zudem ist denkbar, dass er ihn später zu Gefälligkeiten nötigte, zu denen F.S. von Amtes wegen im Zusammenhang mit Landverkäufen in der Lage war (siehe weiter unten).

Fakt ist: Frau Widmer wusste von der Anschrift auf den Medikamentenpackungen; mit ein Grund, dass sie später nach Bachwilen zog, war das Motiv, sich Klarheit darüber zu verschaffen, woher das Schlafmittel stammte.

Dubiose Handwechsel von Landwirtschaftsland

Fakt ist ferner, dass E. Widmer im Rahmen ihrer beruflichen Tätigkeit auf eine Firma stiess, der es gelungen ist, in den letzten Jahren einige unmittelbar ans Siedlungsgebiet von Bachwilen angrenzende landwirtschaftliche Grundstücke aufzukaufen und die vollständig unter der Kontrolle von G.S. steht. Bauern wurden durch Darlehen der Firma von G.S. in eine Zwangslage gebracht, aus der sie sich nur durch Landverkäufe befreien konnten. F.S. war G.S. behilflich, das bäuerliche Bodenrecht auszutricksen. Einer dieser Landverkaufsfälle bewegte E. Widmer an ihrem Todestag dazu, mit Angestellten der Gemeindeverwaltung in Kontakt zu treten und nach dem Ablauf dieser Vorgänge zu fragen; sie wurde an F.S. und G.S. verwiesen. Sie hat daraufhin ein längeres Telefonat mit dem Anschluss der Institution geführt, von der die Schlafmittel stammten und wo F.S. arbeitete. Weiterhin ist aktenkundig, dass daraufhin mehrere Telefonate zwischen diesem Anschluss und den Anschlüssen von G.S. getätigt wurden.

Darüber, was zwischen den involvierten Personen in diesen Telefonaten besprochen wurde, kann man nur spekulieren. Die folgenden Ereignisse lassen vermuten, dass Elsbeth Widmer von F.S. weitgehende Informationen über die zumindest halblegalen Landhandwechsel erhalten hat. Da F.S. als sonst absolut integrer Politiker galt, müsste sie ihn danach gefragt haben, warum er sich zur Mittäterschaft hatte gewinnen lassen, und es ist denkbar, dass er seine Beziehung zu ihrer Schwester und die unheilvolle Rolle seines Politikerkollegen G.S. offen legte. F.S. hat allem Anschein nach G.S. über dieses Telefongespräch informiert. Der sah sich gezwungen, Massnahmen zu ergreifen, und er plante eine Tat, mit der er Frau Widmer aus dem Weg räumen oder zumindest Zeit gewinnen konnte. Er stellte seinen Wagen irgendwo bereit und bestellte F.S. auf einem bestimmten Zeitpunkt hin zum Standort des Wagens. Er selber brach, wie das seine Gewohnheit war, nach der Arbeit zu einer kurzen Radtour auf, fuhr aber nur bis zu seinem Wagen. Zusammen fuhren die beiden an den Waldrand über dem Bachweg. Sie schleppten von einem Holzstapel einen Fichtenstamm den Hang hinab und legten ihn an einer unübersichtlichen Stelle so über den Bachweg, dass E. Widmer, als sie wie immer mit dem Rad zur Gemeinderatssitzung fuhr, die Kontrolle über ihre Fahrt verlor und in den Bachgraben stürzte.

Flucht in den Tod

Fakt ist, dass die Kriminalpolizei im Rahmen ihrer Ermittlungen auf die Person von F.S. stiess. Als sie ihn befragen wollten, floh F.S. und beging Selbstmord. Bei einer Vernehmung konfrontierten die Beamten G.S. mit einigen Fakten aus ihren Ermittlungen. G.S. konnte weder ein Alibi für die Tatzeit vorlegen noch konnte er angeben, wo sein Wagen zur Tatzeit gestanden hatte. Zwei Tage später informierte er die Polizei, er erinnere sich nun, und er gab für sich und für seinen Wagen ein Alibi an. Die Person, die sein Alibi bezeugen sollte, sagte im Sinne von G.S. aus, stellte jedoch in Aussicht, dass er diese Aussage nicht beeiden werde. Betreffend seines Wagens hatte G.S. ausgesagt, er habe ihn an diesem Nachmittag zur Kontrolle in die Garage gebracht. Die Ermittlungsbeamten fanden bei der Überprüfung dieser Angabe ein Werkstattbuch vor, in dem die Seite, die diesen Nachmittag betraf, ausgeschnitten und neu beschrieben war.

Spekulieren wir noch ein letztes Mal: G.S. fühlte, dass er unter starkem Tatverdacht stand. Er versuchte, dagegen zu halten, indem er sich und seinem Wagen ein Alibi verschaffte. Es ist erwiesen, dass er die Person, die sein Alibi bezeugen sollte, nach der Vernehmung in Bern besucht hat. G.S. scheint mehr oder weniger konkrete Zusagen bezüglich Anliegen des Zeugen gemacht zu haben. Was einen Besuch beim Inhaber der Garage anbelangt, ist bekannt, dass G.S. in diesen Tagen dort einen neuen Wagen bestellt hat.

Kann sich alles ganz anders zugetragen haben? Vielleicht. Aber so passen alle Fakten zusammen und ergeben ein vollständiges Bild. Man darf gespannt sein, was die weiteren Ermittlungen im Mordfall Bachwilen ergeben werden.

* Namen der Redaktion bekannt

Gemeindeversammlung

Die Budget-Gemeindeversammlung im Herbst, an der auch über den Steuerfuss befunden wurde, war schon immer besser besucht gewesen als diejenige im Frühling, bei der es jeweils um den Rechnungsabschluss ging. Einen solchen Andrang wie dieses Jahre hatte es aber noch nie gegeben. Mehr als die erste Stuhlreihe war mit Medienvertretern aus der ganzen Schweiz belegt, die Sitzgelegenheiten in der Mehrzweckhalle reichten nicht aus, Dutzende standen ringsum an die Wand gelehnt.

Vizegemeindepräsident Schäubi versuchte, courant normal walten zu lassen, aber das Blitzlichtgewitter, das losbrach, als er die Versammlung eröffnete, hätte auch bei weniger angespannter Stimmung Nervosität aufkommen lassen.

Der Begriff „schweigende Mehrheit" bekam eine ganz neue Dimension: Erstens wurden die Traktanden bei wenigen Ja-, keinen Nein-Stimmen und sehr vielen Enthaltungen durchgewunken, zweitens war eine knisternde Stille eingetreten, kein Scharren und Stuhlrücken, nur gespannte Ruhe. Alle schienen auf etwas zu warten. Unruhig war es eigentlich nur bei der Schweigeminute gewesen, die der Sitzungsleiter eingangs zum Gedenken an die „von uns gegangenen Gemeinderatsmitglieder" angeordnet hatte.

Bereits nach einer Stunde war man beim Traktandum „Mitteilungen und Diverses" angelangt. Schäubi räusperte sich. Er richtete den Blick an die gegenüberliegende Wand und begann: „Wie ihr wisst, ist das Gemeinderatskollegium nicht mehr komplett. Die Zeit war zu kurz, um Ersatzwahlen auf diese Versammlung hin zu organisieren. Damit aber die Gemeinde weiterhin reibungslos funktioniert, müssen wir dieses Geschäft so bald wie möglich behandeln. Der Gemeinderat schlägt euch vor, am 13. Januar eine ausserordentliche Versammlung durchzuführen mit dem voraussichtlich einzigem Traktandum ‚Ersatzwahlen'. Wünscht dazu jemand das Wort?"

Stille im Saal. Schäubi wollte bereits zum Weitersprechen anheben, als es aus einer der letzten Reihe tönte: „Du, Schorsch, wirst ja sicher auch zurücktreten, oder?"

Nun war es mucksmäuschenstill, alle Augen richteten sich auf den Sitzungsleiter, es war, als hielten alle den Atem an, als müsste die Spannung, die seit dem Erscheinen des Artikels vor drei Tagen jede Stunde grösser geworden war, nun zur Entladung gelangen. Die Landverkäufe waren früher im Dorf kein Thema gewesen, wenig war dazu durchgesickert, die betroffenen Bauern hatten sich geschämt, sie an die grosse Glocke zu hängen. Vieles hätte man Schäubi wohl verziehen, aber dass er mit System Alteingesessene über den Tisch gezogen hatte, rief Entrüstung hervor, die sich wie eine Infektion verbreitete. Plötzlich vermutete man Schäubi hinter jeder Mauschelei, erinnerte sich an dieses und jenes, erfand noch einiges dazu und fieberte der Gemeindeversammlung entgegen. Jetzt war es soweit: „Du, Schorsch, wirst ja sicher auch zurücktreten, oder?"

Der Angesprochene schluckte leer mit halboffenem Mund, sein Gesicht verfärbte sich, zuerst in Richtung grau, dann gegen ein leuchtendes Rot hin. Dann begann er zu sprechen, zunächst stockend, dann aber mit immer mehr Feuer, die Anwesenden nun nicht aus den Augen lassend: „Es sind schwere Zeiten für unser Dorf. Jeder muss nun bereit sein, sich für Bachwilen einzusetzen. Ich habe immer nur das Beste für uns alle gewollt, und ich bin bereit, die Last zu schultern und mit euch zusammen diese Prüfung zu bestehen. Unsere Heimat, unser Bachwilen soll nicht vor die Hunde gehen!"

Die Stille, die diesen Worten folgte, war von greifbarer Feindseligkeit.

Nach einer halben Minute gespannten Schweigens stand der Votant aus den hinteren Reihen auf. Es war Aebersold, einer der alteingesessenen Bauern. Langsam schritt er im Mittelgang nach vorne und sagte dabei in ruhigem, kaltem Ton: „Blödsinn, immer das Beste gewollt! Du hast auch mir ein Stück Land abjagen wollen, hast mir dein Geld für einen neuen Traktor geradezu aufgeschwatzt und einige Monate später behauptet, du müsstest das Darlehen wegen Liquiditätsproblemen leider kündigen. Im Gegensatz zu anderen habe ich gekämpft, habe den Traktor, natürlich mit Verlust, verkauft, bin überall betteln gegangen und habe dir dein Geld zurückgegeben. Zum Dank hast du dafür gesorgt, dass meine Senkgrube nicht mehr geduldet wurde. Noch einmal musste ich Geld besorgen, es hat mich beinahe den Hof gekostet. Ich bin nicht der Einzige, dem du es dreckig gemacht hast, aber alle machen nur die Faust im Sack."

Der Bauer war bis zum Gemeinderatstisch vorgedrungen, hatte die Arme auf dem Tisch aufgestützt und spie die letzten Worte Schäubi aus kurzer Distanz direkt ins Gesicht: „Jetzt ist aber fertig gesauhundet in Bachwilen!". Dann drehte er sich um und wandte sich dem Ausgang zu.

Schäubi stand puterrot im Gesicht auf, streckte den Arm in Richtung von Aebersolds Rücken und schrie: „Blödes Zeugs! Du wolltest doch unbedingt einen neuen Traktor, der alte ist dir doch unterm Arsch zusammengebrochen! Und die Senkgrube hättest du schon lange sanieren müssen, mir hast du zu verdanken, dass wir so lange ein Auge zugedrückt haben!" Dann wandte er sich an die Versammlung: „Wir müssen jetzt zusammenhalten! Lasst nicht zu, dass wir von dem linken Gschmäus in Bern auseinanderdividiert werden! Wir in Bachwilen wissen selber, was gut für uns ist!"

Wie ein Denkmal stand er da, leicht nach vorne gebeugt, den Arm bis in die Zeigefingerspitze ausgestreckt. Im Saal blieb es still. Dann wurden leise Stühle gerückt, einer stand auf und verliess die Halle, ein zweiter, eine Handvoll, einer nach dem anderen folgte. Noch stand Schäubi da, noch einmal blitzten die Kameras auf. Je mehr Leute den Saal verliessen, desto mehr schien es, als ob die stattliche Gestalt des Dorfkönigs Luft verlöre. Und dann sackte er langsam auf den Stuhl zurück.

Der Saal war nun beinahe leer. Ein paar Bachwiler blickten zurück und schauten zu, wie einige Journalisten versuchten, Schäubi irgendeine Äusserung zu entlocken. Der murmelte nur immer wieder vor sich hin: „Die Sitzung ist geschlossen." Mehr war nicht aus ihm herauszubringen. Die Reporter wandten sich schliesslich an die anderen Gemeinderäte, die noch sitzen geblieben waren. Mit verlegenen Seitenblicken zum Vizegemeindepräsidenten erhoben sie sich, winkten die Medienschaffenden Richtung Ausgang und verliessen den Saal.

Schäubi blieb sitzen. Er sass noch dort, als der Abwart die Deckenbeleuchtung erlöschen liess. Der Abwart blieb eine, zwei Minuten in der Türe stehen und blickte zum Gemeinderatstisch. Schliesslich zog er im Dämmer der Notleuchten die Türe zu und verliess Georg Schäubi, Vizegemeindepräsident von Bachwilen.

Nachruf

Die Staatsanwaltschaft beschloss nach langem Hin und Her und endlosen Sitzungen mit der Untersuchungsrichterin Aellen und den Ermittlungsbeamten, keine Anklage gegen Georg Schäubi zu erheben. Zu mager war die Beweislage. Erschwerend kam hinzu, dass der Verteidigung durch den Zeitungsartikel eine riesige Angriffsfläche voller juristischer Fallstricke gegen die Ermittlungsbehörden eröffnet worden war. Die Staatsanwaltschaft für Wirtschaftsdelikte befand, dass die treibende Kraft hinter den Landtransaktionen zwar wohl Georg Schäubi gewesen war, die eigentlichen Zuwiderhandlungen gegen das Bundesgesetz über das bäuerliche Bodenrecht aber von Felix Stauffer begangen worden waren. Und so wurde auch das Dossier zur AC-Holding geschlossen.

Auch die Affäre um die Indiskretionen verlief im Sand. Jeger gab zu, tagelang eine Zusammenfassung des Falls mit sich herumgetragen zu haben, wollte sich aber partout nicht erinnern, sie irgendwo irgendwann unbeaufsichtigt liegen gelassen zu haben. Hablützel von der Zeitung schützte seinen Informanten natürlich, auch bei ihm biss man auf Granit.

Anfangs Juli, als die jungen Fischotter im Dählhölzli ihre ersten Schwimmversuche unternahmen, sah man an einem Sonntagnachmittag Bernhard Jeger und Eveline Jutzi am Gehege stehen. Ihre Schultern berührten sich. Nach einiger Zeit legte Eveline den Arm um Bernhards Taille.

Stefan Trachsel blieb nicht nur im Bedli, er wurde im nächsten Frühjahr sogar in den Gemeinderat gewählt und vertrat fortan dort dezidiert linke Positionen, selten, aber doch hin und wieder mit Erfolg. Er war noch etwas schweigsamer geworden, mit wem hätte er nun auch schwatzen sollen. Immerhin freundete er sich mit Gasser, dem Auerhof-Wirt an, auch wenn dabei nicht viel geschwatzt wurde. Stiefi besuchte aber die Wirtschaft regelmässig, wenn er Spaziergänge machte, was er jetzt oft tat. Daheim fiel im die Decke auf den Kopf.

Überhaupt fand das Dorf zu einer Normalität zurück, einer etwas veränderten, denn ein Hauptakteur fehlte. Die Alteingesessenen hatten es nun auf einmal schon immer gewusst und kommen sehen, wie das halt so ist. Niemand warf einen Blick zurück auf die eigene kleine Schleimspur. Und die Zuzüger hoben sowieso nur erstaunt die Augenbrauen, sie hatten von Gemeindeangelegenheiten früher wenig Notiz genommen und waren erstaunt, dass so etwas möglich gewesen war. Typisch Landeier, grinsten sie einander über die Kirschlorbeer-Hecken oder vom einen Mehrfamilienhaus-Balkon zum anderen zu. Nicht wenige kümmerten sich in der Folge mehr darum, was im Ort ging, und die Gemeindeversammlungen waren nun in der Regel besser besucht.

Auch Georg Schäubi versuchte, zur Normalität zurückzufinden. Aber die gab's für ihn nicht mehr, sie hatte sich bei ihm abgemeldet. Überall stiess er auf

Ablehnung, die Gespräche erstarben, wenn er irgendwo hinzutrat, die Leute wechselten die Strassenseite, wenn sie ihm begegneten, Aufträge blieben aus, Zahlungen musste er mehrmals anmahnen. Seine zwei Söhne liessen sich nicht mehr zuhause blicken. Sie riefen hin und wieder an, fragten, wie es so gehe und verlangten ihre Mutter ans Telefon. Schäubi erleichterte es ihnen, indem er Telefonate grundsätzlich nicht mehr entgegennahm, auch weil der Gehalt einzelner Anrufe sich auf unappetitliche Verbalinjurien ohne Absendernennung beschränkt hatte.

Nur seine Frau Kathrin hielt ohne viele Worte zu ihm. Sie besorgte den anspruchsloser gewordenen Haushalt, es gab ja keine Gäste mehr, und der Bedarf an frisch gewaschenen und gebügelten Hemden entwickelte sich gegen null. Auch Sportsachen gab es nicht mehr zu waschen, denn Schäubi stellte seine radsportlichen Aktivitäten gänzlich ein. Er schlief, ass, schaute fern, trank Bier, schlief, ass, schaute fern, trank Bier. Diese Schleife wurde abrupt vom ersten Herzinfarkt durchbrochen. Ihm folgten weitere, und einer war der letzte. Ein kleiner Kreis nahm von seinen diesseitigen Überresten in der Aufbahrungshalle des Krematoriums in Grafenstadt Abschied. Auf dem dortigen Friedhof wurde der Inhalt der Urne dem Gemeinschaftsgrab übergeben.

Kathrin Schäubi, geb. Müller, verkaufte ohne viel Aufhebens die landwirtschaftlichen Grundstücke der Agrarculto AG für einen symbolischen Betrag den ursprünglichen Besitzern zurück. Sie verkaufte auch die Firma Holzbau Schäubi und die anderen Immobilien. Und dann lernte sie segelfliegen. Aber das ist eine andere Geschichte.